KB161202

우주를 껴안는 기분

꿈꾸는돌
40

우주를 껴안는 기분

2024년 8월 27일 초판 1쇄 발행

펴낸이 한철희 | 펴낸곳 돌베개 | 등록 1979년 8월 25일 제406-2003-000018호
주소 (10881) 경기도 파주시 회동길 77-20 (문발동)
전화 (031) 955-5020 | 팩스 (031) 955-5050
홈페이지 www.dolbegae.co.kr | 전자우편 book@dolbegae.co.kr
블로그 blog.naver.com/imdol79 | 트위터 @Dolbegae79 | 페이스북 /dolbegae

편집 이하나
표지 디자인 김민해 | 본문 디자인 김민해·이연경
마케팅 심찬식·고운성·김영수 | 제작·관리 윤국중·이수민·한누리
인쇄·제본 영신사

ISBN 979-11-92836-83-6 (44810)
ISBN 978-89-7199-432-0 (세트)

ⓒ 최상희 2024

• 이 책 내용의 전부 또는 일부를 재사용하려면 반드시 저작권자와 돌베개
  양측의 동의를 받아야 합니다.
• 책값은 뒤표지에 있습니다.
• 이 책은 서울특별시, 서울문화재단 '2024년 창작집 발간 지원 사업'의
  지원을 받아 발간되었습니다.

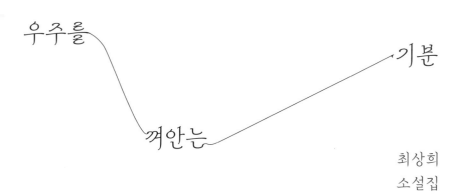

우주를

껴안는

기분

최상희
소설집

돌베
개

차례

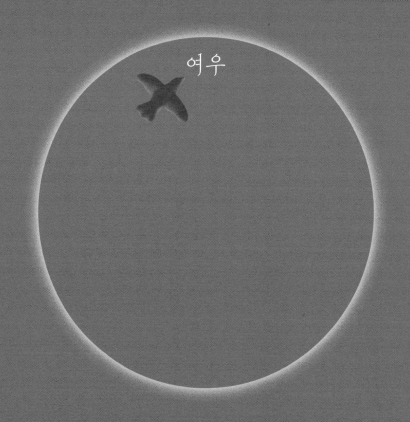

여우

엄마가 나를 여우에게 입양 보내겠다고 했을 때 마을 사람들은 매우 놀랐다. 엄마의 부모, 즉 내 조부모가 열심히 말렸지만 소용없었다. 엄마의 고집은 누구도 꺾지 못했다. 그래서 나는 여우에게 입양되었다. 왜 하필 여우인지 궁금했으나 이유를 물을 수 없었다. 엄마는 내가 세 살 때 돌아가셨다.

입양 보낸다고 해서 여우가 나를 데리러 오거나 키우는 건 아니다. 입양은 우리 마을의 오랜 풍습이다. 아이가 태어나면 부모는 아이의 양부모를 정했다. 아이에 관해서라면 무엇이든 그렇지만 양부모를 정하는 일에는 특히 신중했다. 주로 변하지 않고 오래 자리를 지키는 존재들을 양부모 삼았다. 마을 앞의 큰 나무, 개울의 징검다리, 집의 주춧돌……. 대개 부모는 자식보다 먼저 세상을 떠나므로 남은 자식을 양부모가 잘 보살펴 주길 바라는 마음에서였다.

집안의 소중한 물건을 양부모 삼기도 했다. 내 친구 후의 양부모는 맷돌이었다. 대대로 내려온 맷돌로 만든 후네 두부는 맛있기로 소문이 자자했다. 후네 집에서 콩 삶는 냄새가 나면 마을 사람들은 콩물이라도 얻어먹을까 싶어 담장 너머를 기웃거렸다. 후의 머리는 둥글넓적해 맷돌의 자식이라고 해도 곧이들을 만했다.

동물을 양부모로 삼는 일은 드물었다. 그것도 여우라니. 여우는 닭을 물어 가는 골칫덩이다. 그런가 하면 잔인하고 교활해서 남을 잘 속였다. 꼬리가 아홉 개 달린 여우는 인간으로 둔갑해 사람을 홀린다. 다 책에서 읽었다. 여우는 주인공으로 꽤 인기 있는 편인지 이런저런 이야기가 많았다. 내가 제일 좋아한 건 할머니가 들려준 금빛 여우 얘기였다.

금빛 여우는 달에 살았다. 어느 날 사냥 나간 금빛 여우가 다리를 다쳐 움직이지 못하는 아기 토끼를 발견했다. 여우는 토끼를 물고 집으로 돌아왔다. 엄마를 기다리던 새끼 여우들은 토끼를 보고 달려들어 냄새를 맡고 혀로 핥고 막 돋아난 이빨로 살짝 깨물어 보았다. 작은 토끼는 바들바들 떨었다. 금빛 여우는 제 새끼와 어린 토끼를 한데 품어 젖을 먹였다. 여우가 정성껏 보살핀 덕에 어린 토끼는 기력을 찾고 다리도 나아 새끼 여우들과 종일 신나게 뛰놀았다. 어느 어둑한 밤 여우는 아기 토끼를 물어 토끼 굴 앞에 두고 떠났다. 토끼는 집에 돌아와 가족들을 다시 만나 기뻤지만 종종 여우들과 살던 때를 떠올리며 그리워했다. 깊은 밤 어디선가 여우 소리가 들리면 자다가도 뛰어나갔지만 모습은 보이지 않았다. 세월이 흘러 토끼가 방아를 찧을 나이가 되었다. 토끼는 깜깜한 밤이 무서워 절굿공이를 쥔 채 떨고만 있었다. 그때 갑자기 주위가 희미하게 밝아졌다. 금빛 여우들이 꼬리를 펼쳐 환하게 비춰 주고 있었다. 함께 젖을 먹고 뛰놀던 여우들이었다. 토끼는 더 이상 무서워하지 않고 방아를 찧기 시작했다. 여우들은 그 곁을 떠나지 않고 노래했다. 그 밤 달이 유독 밝게 빛났다.

간혹 겨울밤에 멀리서 어우우우 소리가 들려오면 할아버지가 말했다. 네 엄마가 부른다. 내가 질색하면 할아버지는 히히 웃었다. 내 생일이면 할아버지는 늘 닭을 잡았다. 음식을 차려 양부모에게 아이의 건강과 장수를 빌기 위해서였다. 할아버지가 깊은 산속에 두고 오는 닭은 멧돼지나 살쾡이가 먹어 치웠으리라. 아무도 여우를 본 적 없었다. 어우우우 하는 울음은 아마도 개가 달을 보고 짖는 소리였을 것이다.

우리 마을은 높은 산으로 둘러싸여 있었다. 마을에서 멀리 보이는 산봉우리는 '얼음산'이라고 불렸지만 진짜 얼음은 아니었다. 햇빛에 암석이 하얗게 바래서 그렇게 보인다고 붙여진 이름이었다. 봉우리는 날씨에 따라 여러 형태로 달라졌다. 어느 날에는 사람 얼굴 같고, 비 온 다음 날에는 독수리 같기도 하고, 곰의 머리처럼 보이는 날도 있었다. 깎아지른 듯한 벼

랑은 새들만 오를 수 있었다. 하늘에서 내려다본다면 마을은 덤불 속 작은 새 둥지처럼 보이리라. 산을 타고 논밭이 계단처럼 이어지고 울창한 삼나무가 지붕이 나직한 집들을 요새처럼 에워쌌다. 내 할아버지의 할아버지의 할아버지 때부터, 그러니까 아주아주 오래전에 이곳에 자리를 잡고 살았다고 한다. 한때는 백여 가구가 넘었다는데 하나둘 떠나 지금은 스무 가구도 채 남지 않았다.

마을에 아이는 후와 나뿐이다. 후의 형 원주는 재작년에 마을을 떠났다. 도시에 있는 학교에 다니기 위해서였다. 그때 후의 가족 모두 함께 떠나려 했으나 그러지 못했다. 후의 할아버지가 한사코 떠나지 않으려 했기 때문이다. 거동도 쉽지 않은 할아버지를 홀로 두고 떠날 수는 없었다. 마을에 남은 이들은 거의 노인이고 후의 부모가 제일 젊었다. 덕분에 후의 부모님이 마을 일을 도맡아 했다. 가장 중요한 임무는 산 아래 마을에 다녀오는 일이었다.

우리는 필요한 것들을 대부분 산에서 얻었다. 그래도 사야할 것들이 좀 있었다. 할머니는 아랫마을에서 산 털실로 내 스웨터와 목도리를 떠 줬다. 예전에는 마을에서 양과 누에를 길러 실을 얻었다고 한다. 그릇과 항아리를 만들던 호두나무집 할아버지는 돌아가셨고 칼과 괭이를 만들던 주오 언니네는 마을을 떠난 지 오래였다. 우리 마을에서는 돈이 필요 없었다. 쌀과 항아리를 바꾸고 호미는 감자 한 포대로 구했다. 하지만 아랫마을의 물건들을 사기 위해선 돈이 필요했다. 산에서 얻는 버섯과 약초가 돈이 됐다. 후의 부모님은 마을 사람들이 채취한 것을 모아 도시에 내다 팔고 긴요한 물건을 사 왔다.

후의 부모님이 산을 내려가는 날이면 후와 나는 마을 입구 나무 위에 올라가 기다렸다. 나무는 오백 살이 넘었다. 우리 마을에서 양자를 가장 많이 두어 설날이면 나무 아래 음식이 잔뜩 쌓였다. 후와 나는 나뭇가지에 걸터앉아 후의 부모님이 뭘 사 올지 생각했다. 내 티셔츠와 후의 운동화, 할아버지의 신경통 약, 할머니가 부탁한 책과 펜, 말린 생선과 소금…….

그러다 보면 자연스럽게 도시에 관해 이야기했다. 아주 멀고 크며 번쩍이는 도시. 그곳을 떠올리면 별 같다는 생각이 들었다. 아니, 별보다 더 멀리 있는 기분이다. 별은 볼 수 있지만 도시는 보이지도 않으니까. 나는 도시에 한 번도 가 본 적 없고 후도 마찬가지였다. 마을의 아이들은 모두 도시로 갔다. 떠난 뒤 가족들을 만나러 종종 마을에 들렀지만 점점 뜸해지다 종내에는 발길을 끊었다.

깊은 밤 멀리 반딧불이처럼 반짝이는 작은 불빛이 보이면 우리는 나무에서 내려와 쏜살같이 달려갔다. 후의 부모님이 이고 지고 온 짐 속에는 과자와 사탕도 들어 있었다. 나는 특히 소용돌이무늬가 있는 커다란 사탕을 좋아했다. 소용돌이 사탕을 양부모 삼으면 좋겠다고 바랄 정도였다.

"후, 오늘 배울 부분을 읽어 보세요."

선생님의 말에 후가 허둥지둥 책을 펼쳤다. 내가 슬쩍 손가락으로 짚어 주자 후가 읽기 시작했다. 학생은 후와 나 둘뿐이었다. 예전에는 집마다 아이들이 서넛은 있어서 교실이 북적였다고 한다. 선생님은 그때부터 아이들을 가르쳐 왔다. 도시에서 나고 자란 선생님이 어쩌다 이 마을로 왔는지 궁금하지만 선생님은 너무 오래된 일이라 잘 기억나지 않는다고 했다. 선생님은 바로 내 할머니다.

수업을 시작하기 전에는 늘 집중하는 연습을 했다. 바닥에 책상다리를 하고 앉아 등을 쭉 펴고 눈을 감은 채 한참 있었다. 후는 견디지 못하고 몸을 뒤틀다 혼나곤 했다. 선생님은 주위의 소리에 귀를 기울이라고 했다. 새 지저귀는 소리와 댓잎이 바람에 솨아 흔들리는 소리, 개미가 기어가는 소리, 멀리 물레방아 돌아가는 소리, 개울 물 흐르는 소리를 들어 보라고 했다.

불가능하다. 물레방아와 개울은 멀고 더구나 개미가 기어가는 소리가 들릴 리 없다. 하지만 선생님은 집중하면 들릴 거라고 말했다. 그런 다음에는 들리는 소리를 차단해 보라고 했다. 역시 가능할 리 없었다. 사방에서 나는 소리를 무슨 수로 막는단 말인가.

"한 가지 대상에 집중해 보세요. 떠올리면 아무 소리도 안 들릴 만큼 집중할 수 있는 것이 좋겠죠."

우리는 시늉은 했지만 물론 잘은 안 되었다. 왜 그런 연습을 해야 하는지도 몰랐다. 선생님은 이유는 설명해 주지 않았다. 속 시원히 대답해 주는 법이 없었다. 대답보다는 질문하기를 좋아했다.

후와 내가 책을 펴고 그날 배울 부분을 번갈아 소리 내어 읽고 나면, 선생님은 읽은 내용에 대해 생각해 볼 시간을 주고 잠시 기다렸다. 그러고는 잘 이해했는지 확인했고 우리의 대답이 만족스러울 때까지 질문이 이어졌다.

때로 우리가 질문하기도 했다.

"공부는 왜 하는 거죠?"

한번은 후가 물었다.

선생님은 우리에게 가르쳐 줬다. 말의 행간을 읽어야 한다. 말하지 않은 것에 귀 기울여야 한다. 숨은 곳에 진실이 있을 수 있다.

후의 질문은 누가 봐도 어깃장이었다. 얼굴에 공부하기 싫은 표정이 역력했다. 말없이 후의 얼굴을 들여다보던 선생님이 후의 책상 앞에 섰다.

"후, 술래잡기해 본 적 있지?"

어리둥절한 얼굴로 후가 고개를 끄덕였다.

선생님이 목에 두른 머플러를 풀러 후의 눈을 단단히 가렸다. 정말 술래잡기라도 할 셈인가.

선생님은 후에게 앞으로 나와 칠판에 이름을 써 보라고 했다. 후는 술래가 아이들을 찾듯 팔을 휘저으며 비틀비틀 칠판

앞으로 갔다. 한참 헤매다 간신히 분필을 집었다. 선생님이 머플러를 풀어 주자 후는 칠판에 삐뚤빼뚤 쓰인 이름을 볼 수 있었다.

"그런 거예요. 공부하지 않으면 누군가에게 눈이 가려진 채로 사는 것과 같습니다. 그리고 우선은 선생님에게 혼나게 되겠죠."

내 할머니는 한없이 다정했지만 교실에서는 무서운 선생님이었다.

후와 나는 수업이 끝나면 쏜살같이 숲으로 달려갔다. 숲속은 싫증 나지 않는 놀이터였다. 우리는 산을 오르며 유심히 주위를 살폈다.

"보이냐?"

"안 보여."

그날 우리가 찾아 헤맨 건 산딸기였다. 한철 부지런히 따먹었더니 결국 씨가 말랐나 보다. 산딸기를 찾아 점점 더 깊은 숲속으로 들어갔다. 울창한 나무 아래, 더부룩한 풀이 다리를 할퀴었다. 아무리 찾아도 없었다.

"잠깐, 무슨 소리 안 들려?"

내 말에 후가 멈춰 서서 귀를 기울였다. 나무 사이로 호오, 하는 소리가 들려왔다.

"꿩 소리?"

"아니, 잘 들어 봐."

나는 풀을 헤치며 조심스레 소리 나는 방향으로 걸었다.

"야아, 어디 가."

뒤에서 후가 투덜대며 따라왔다. 분명 소리가 났다. 나는 소리에 집중했다. 바람결에 귓가를 스치며 이리 와, 이리 와 하고 속삭였다. 덤불에 얼굴이 긁혀 피가 맺힌 줄도 모르고 정신없이 헤쳐 나가다 나는 우뚝 멈춰 섰다. 뒤따라온 후가 탄성을 질렀다.

"우와!"

짙은 그늘 속, 보석처럼 빛나는 검붉은 열매들. 온통 산딸기 천지였다. 후가 덤불로 뛰어들어 산딸기를 한 움큼 따서 입에 넣었다. 후의 손가락과 입가가 붉은빛으로 물들었다.

"못 봤어?"

후가 볼이 미어져라 산딸기를 물고 무슨 소리냐는 표정으로 나를 봤다.

"여우였어."

나는 저만치 덤불을 가리켰다.

"꿈꿨냐?"

후가 어이없다는 얼굴로 말했다. 콧방귀 뀌며 내가 잘못 보았다고 했다. 혹시 뭐가 있었다면 너구리나 오소리였을 거라고, 새끼 멧돼지나 고라니라면 몰라도 이 산에 여우는 없는 거 모르냐며 구시렁대며 내게 산딸기를 한 주먹 내밀었다. 나는 후의 손을 탁 쳤다. 붉은 산딸기가 사방으로 흩어졌다. 후의 눈이 동그래졌다. 나는 여우가 사라진 곳으로 올라갔다. 어디 가느냐고 후가 외쳤지만 돌아보지 않았다.

분명 여우였다. 한 번도 여우를 본 적 없지만 보자마자 알수 있었다. 그늘 속으로 순식간에 사라진 풍성하고 아름다운 꼬리. 하지만 홀린 듯 흔적도 없었다. 억센 덤불이 옷을 잡아채고 찢었다. 빽빽한 가시덩굴이 앞을 가로막았다. 나를 부르는 후의 목소리가 메아리쳤다. 대답 대신 덤불 아래 숨었다. 후의 목소리가 점점 멀어졌다. 한참을 숨어 있다 어둑해지자 산에서 내려갔다.

그날 밤, 내 방 창 두드리는 소리가 나서 열어 보니 후였다. 후가 열린 창틈으로 불쑥 주먹을 내밀었다. 후는 씩 웃더니 그대로 달아나 버렸다. 후가 내 손에 쥐여 준 것은 나뭇잎으로 꽁꽁 싸맨 작은 꾸러미였다. 나뭇잎을 펼치니 단 냄새가 훅 풍겼다. 조금 짓무르긴 했지만 알이 크고 보석처럼 반짝이는 산딸기였다.

후가 뜬금없이 여우 이야기를 꺼낸 건 산에서 밤을 주울 때였다. 내가 발로 밤송이를 누르면 빼꼼히 드러나는 밤을 후가 쏙쏙 빼냈다. 우리는 손발이 잘 맞았다. 사소한 일로 하루에도 열두 번 싸우고 다시는 놀지 않겠다고 다짐했지만 결심은 금세 무너졌다. 놀 친구가 달리 없었기 때문이다. 후와 나는 두 달 간격으로 태어나 어릴 때부터 붙어 다녔다. 말이 안 통해 답답할 때도 있었지만 서로에게 거짓말은 하지 않았다. 거짓

말을 해 봐야 후는 바로 티가 났다.

"그때 말이야, 진짜 여우를 본 거야, 그렇지?"

나는 밤송이만 힘껏 밟았다.

"아무리 찾아도 안 보였는데 갑자기 산딸기밭이 나타났잖아. 그렇게 크고 단 산딸기는 처음이었어, 안 그래?"

후가 알밤을 주우며 또 물었다.

"여우가 알려 줬지, 응? 네 양부모니까, 맞지?"

후가 코끝을 연방 긁었다. 배가 아파서 숙제를 못 했다고 선생님께 변명하거나 소용돌이 사탕은 별로라며 내게 양보할 때, 후는 코를 긁었다. 후가 왜 여우 얘기를 하는지 알았다. 후는 겨울이 오기 전에 마을을 떠난다. 공부하기 위해 형이 있는 곳으로 간다.

후가 내 주머니에 알밤을 가득 담았다. 주머니가 불룩한 채로 산에서 내려왔다. 내려오는 동안 우리는 아무 말도 하지 않았다. 밤송이 속의 알밤처럼 드러내지 않은 속에 수많은 말이 있었다. 하얗게 서리가 내린 날 새벽에 후는 아빠와 함께 떠났다. 며칠 뒤 혼자 돌아온 후의 아빠가 내게 소용돌이 사탕을 줬다.

후가 떠나고 매일 혼자 산에 올랐다. 하얀 눈이 쌓인 길에 산짐승과 새의 발자국이 남아 있었다. 작은 발자국들을 눈여겨보아도 내가 찾는 흔적은 보이지 않았다. 그 뒤로 여우를 본 적은 없었다. 나무 사이로 바람이 불어와 하얗게 눈이 흩날려

나는 이리 와, 이리 와 하던 여우 소리를 떠올렸다. 어디선가 여우는 지켜보고 있다. 느낄 수 있었다.

주위를 살피다 눈 속에 핀 노란 꽃을 발견하고 조심스레 꺾었다. 할머니에게 가져다주고 싶었다. 할머니는 요즘 부쩍 기력이 없었다. 늘 꼿꼿하게 등을 펴고 교단에 서던 할머니는 며칠 수업을 쉬었다.

할머니를 깜짝 놀라게 해 줄 셈으로 소리 죽여 집 안으로 들어갔다.

"많이 달라질 겁니다."

낯선 목소리가 들려왔다.

"애들은 하루에도 열두 번 변하며 자라지."

할머니가 대답했다.

나는 현관에 멈춰 서서 안에서 들리는 소리에 가만히 귀를 기울였다. 왠지 모르지만 방해해서는 안 될 것 같았다.

"마지막 아이군요."

"잘 부탁하네."

"함께 떠나시지요."

잠시 뒤 할머니가 대답했다.

"우린 헤카테 사람이야."

헤카테? 그게 뭐지?

그 순간 현관문 앞에 달아 둔 풍경이 흔들려 맑은 소리를 냈다. 시호 왔냐? 할머니의 부드러운 목소리가 나를 찾았다.

조부모님과 마주 앉아 차를 마시고 있던 손님이 나를 돌아보았다. 처음 보는 얼굴이었다. 후의 아빠보다 젊어 보이는 남자였다. 눈빛이 날카롭고 속을 알 수 없는 표정이었다. 내 아저씨뻘 되는 친척이라고 할아버지가 말했다. 아저씨는 이 마을에서 태어나 어릴 때 가족과 함께 도시로 떠났다고 했다.

나는 아저씨가 왜 왔는지 알았다. 나를 데리러 왔다. 드디어 때가 온 거다. 별처럼 멀고 반짝이는 도시로 떠날 때가.

도시에 도착하자마자 나는 병원에 입원했다. 수술을 받을 예정이었다. 아저씨의 말에 의하면 매우 간단한 수술이다. 입학 전에 꼭 필요한 절차라고 했다.

내가 받게 될 수술은 '렌더'라는 아주 작은 칩을 뇌에 심는 것이었다. 수술을 받으면 뇌 신경 인터페이스 칩인 렌더를 통해 타인에게 목소리가 전해져 입을 열지 않아도 의사소통할 수 있다. 대화뿐 아니라 문자 메시지와 영상을 주고받고 냄새와 촉감, 온도 등, 감각이 생생하게 전달된다. 심지어 기분과 감정까지 렌더로 주고받을 수 있다.

"스마트폰이라고 들어 봤지? 아주 예전에 쓰던 통신 기계인데. 쉽게 말하자면 머릿속에 스마트폰이 있어서 서로 통화를 하는 거야."

스마트폰이라면 수업 시간에 들어 본 적 있다. 하지만 전혀 이해되지 않았다. 그때만큼은 선생님이 아무리 설명해도 소용

없었다. 아저씨의 얘기 역시 전혀 와닿지 않았다.

렌더는 원래 사고나 질환으로 의사소통에 어려움을 겪는 이들을 위해 개발되었다. 언어 혹은 청각이나 시각 장애인, 루게릭병이나 신체 일부가 마비된 환자 등을 위한 감각 보조 장치였는데 점차 그 기술이 발전하여 자폐 스펙트럼과 우울증, 정신 질환 치료에도 이용되었다. 그 기능이 놀랍도록 발달해 지금은 거의 모든 사람이 일상에서 렌더를 쓴다. 아이가 태어나면 예방 접종과 함께 렌더를 시술했다.

"네 나이에 수술받는 경우는 드물지만 걱정할 필요 없어. 렌더 수술 부작용은 제로에 가깝거든. 적응이 문제인데, 난 좀 시간이 걸렸지."

"아저씨도 렌더 수술을 받았어요?"

"당연하지."

"하지만 저랑 정상적으로 대화하잖아요."

"그야 네가 렌더로 말할 수 없으니까. 사실 난 이렇게 대화하는 게 이제 오히려 어색해. 그리고 '정상적'이라는 말이 적절한지 모르겠다. 정상적이라기보다는 네게 익숙한 방식이지."

"왜 렌더로 얘기해야 하죠?"

"써 보면 알게 될 거야."

"꼭 수술을 받아야 하나요?"

"이곳에선 필요하지. 넌 여기에 왔고."

"그래도 전 정상적, 아니 익숙한 방식이 좋아요."

"그래, 뭘 좋아하든 그건 네 자유지. 하지만 해 보지도 않고 어떻게 알겠니?"

나는 아무 대꾸도 하지 않았다. 아저씨랑은 말이 안 통했다.

"선택지가 하나 더 늘었다고 생각하면 어떠냐? 넌 렌더로도 대화할 수 있게 되는 거야."

"할머니도 알아요?"

아저씨는 침묵으로 대답했다.

나는 받아들이기로 했다. 이해했다는 뜻은 아니다. 엄마는 나를 여우에게 입양 보냈다. 어른들은 좋은 양부모를 고르기 위해 고심했다. 할머니는 나를 도시로 보냈다. 할머니는 내게 해가 되는 일은 하지 않는다. 그것만은 확실하다.

—눈을 떠 봐요.

목소리가 잠을 깨웠다.

수런대는 소리. 눈을 뜨려 했지만 뜻대로 되지 않았다. 갑자기 수많은 잔상이 어른거렸다.

—괜찮아요, 눈을 떠 봐요.

다시 들려온 목소리에 조심스레 눈을 떴다. 희미한 얼굴들. 천천히 의식이 돌아왔다. 아는 얼굴들이다. 매일 보던 의사 선생님과 간호사들. 괜찮아요? 상냥한 목소리가 다시 들렸다. 괜찮다고 대답하고 싶었으나 입이 떨어지지 않았다. 몽롱했다.

—내 말이 들리면 눈을 두 번 깜박여 봐요.

상냥한 목소리가 말한 대로 나는 눈을 깜박였다.

—좋아요. 잘했어요.

상냥한 목소리가 물었다.

—레몬 좋아해요?

레몬이란 단어를 듣자마자 견딜 수 없을 정도로 시큼한 맛이 차올라 침이 괬다. 노란 타원형 열매는 책에서 보긴 했지만 먹어 본 적 없었다. 하지만 그 맛과 향과 색, 심지어 울퉁불퉁한 표면의 감촉까지 생생했다.

—아주 좋아요. 잘 된 것 같네요. 조금 더 자도록 해요.

상냥한 목소리가 시키는 대로 나는 눈을 감았다.

—신세계에 온 걸 환영한다.

이건 누구의 목소리일까. 생각할 겨를도 없이 꿈을 꾸기 시작했다. 눈 쌓인 숲속에 비쳐 든 햇살처럼 눈부시게 환하고 어룽거리며, 소용돌이 사탕을 입안 가득 넣었을 때처럼 행복하고, 하늘 위에 붕 뜬 것처럼 이상하면서도 신비롭고 어렴풋한 꿈. 정말이었다. 그건 신세계였다.

그 후로 일어난 일들은 도무지 말로 표현하기 힘들다. 표현하자면 렌더 말고는 방법이 없다. 렌더는 그야말로 완전히 새로운 세계로 나를 데려갔다. 그 세계는 빠르고 다채롭고 강렬하고 짜릿했다.

폭포수처럼 쏟아졌다. 태풍처럼 강타했다. 파도처럼 몰아쳤다. 온갖 정보와 감각과 감정이 눈과 코와 귀와 피부를 통해 내 안으로 밀려들었다. 정확히 말하자면 뇌를 통해 전달된 것이지만 온몸으로 생생히 느낄 수 있었다. 원하면 즉시 데이터를 얼마든지 검색할 수도 있다. 책으로 치면 온갖 종류의 수만, 수천만 권, 아니 헤아릴 수도 없는 책들로 가득한 거대한 도서관이 내 머릿속에 있었다.

가고 싶은 곳은 어디든 갈 수 있었다. 울창한 나무로 빽빽한 밀림과 푸르스름한 빙하로 덮인 바다와 고층 빌딩이 숲을 이룬 도시. 하얀 모래가 펼쳐진 사막을 낙타를 타고 건넜다. 태양은 머리 위에서 이글거리고 살갗에 닿는 공기는 타는 듯이 뜨거웠다. 저 멀리 장대한 모래 능선을 타고 아지랑이가 일렁이고 그 사이로 푸른 호수가 보였다. 그 순간 생각할 새도 없이 신기루라는 정보가 입력됐다. 중세 시대의 건축물이 늘어선 유럽의 거리를 걷기도 했다. 첨탑이 솟은 성에서 하룻밤 자고 난 아침, 창 너머로 줄지어 선 뾰족하게 솟은 나무를 내다보았다. 처음 보는 나무지만 렌더는 즉시 사이프러스라고 알려 줬다. 아침으로 투박한 빵과 치즈, 벌꿀과 포도를 먹자 신선한 맛이 혀 세포 하나하나를 자극했다.

원한다면 별과 별 사이를 비행하며 행성을 탐험할 수 있고 물론 나는 그렇게 했다. 달에 착륙해서 우주복 차림으로 우주선 밖으로 나갔다. 달 위를 걷는 건 내 상상과 전혀 달랐다. 거칠고 차가운 달 표면 위에서 어색하게 뒤뚱거렸다. 사방은 어둡고 고요하며 토끼도 금빛 여우도 없었다. 그러리라고 생각했다. 아저씨의 말이 맞았다. 가 보지 않으면 모를 세계였다. 새로운 세계는 낯설지만 황홀해서 나는 정신없이 빠져들었다. 종일 눈 떠서 잠드는 순간까지 렌더의 세계를 탐험하고 심지어 잠을 자면서도 렌더 속을 누볐다. 살던 마을을 떠올리는 시간이 점점 줄었고 어느 순간부터 할머니를 그리워하는 것마저 잊었다.

얼마 뒤 예정대로 기숙사가 딸린 학교에 입학했다. 학생 수가 짐작을 훌쩍 뛰어넘어 깜짝 놀랐다. 내 나이 또래 애들이 이렇게 많이 한데 모여 있는 건 처음이었다. 조금 두려우면서도 두근거렸다. 렌더가 즉시 흥분을 가라앉히는 부드러운 음악과 향기를 내보냈다. 이내 긴장이 누그러졌다.

수업 역시 렌더로 진행된다. 선생님이 학습 내용을 렌더로 전송하고 설명했다. 수많은 이미지와 동영상과 소리와 냄새와 감촉이 전해진다. 선생님이 질문하면 아이들은 데이터를 검색해 눈 깜짝할 새에 답을 찾아냈다.

렌더에 어느 정도 적응했다고 생각했는데 오산이었다. 너무 빠르다. 따라가기 버겁다. 그러는 와중에 수많은 말들이 휙휙 날아다닌다.

아, 지루해. 영어 숙제가 뭐였지? 쉬는 시간에 매점 갈 사람? 조용히 하세요. 거기 자는 사람 누구죠? 루나 언니들 신곡 들었어? 뮤비 끝내주더라. 그치? 특히 시작 부분이…… 수업 시간에 다른 영상에 접속하지 마세요.

오전이 가기 전에 나는 이미 기진맥진했다. 쏟아지는 정보와 소리, 영상과 자극에 뇌가 마비될 지경이었다. 적응하는 데 시간이 걸릴 것이다. 이곳에서 나는 말을 처음 배우는 아이와 같았다.

렌더에 점차 익숙해지면서 수업 내용은 그럭저럭 따라갈 수 있었다. 하지만 아이들과의 대화는 여전히 힘들었다. 말과 이미지와 동영상, 문자가 쉴 새 없이 이어지고 내가 의미를 파악하기도 전에 새로운 말들이 쏟아졌다. 한바탕 웃음이 일어도 뭐가 재밌는지 어리둥절했다. 아이들은 무표정해서 속내를 알기 어려웠다. 어차피 속내를 파악할 필요도 없었다. 모든 게 렌더로 전달되니까. 도저히 대화에 낄 수 없었다. 나는 종일 한마디도 하지 않았지만 아무도 알아채지 못했다.

수업이 끝나면 녹초가 되어 곧바로 기숙사로 향했다. 두 명이 함께 방을 썼고 내 룸메이트는 같은 학년 옆 반 아이였다. 처음 만났을 때 '이경'이라고 이름을 말하며 동시에 영상을 보냈다.

—제이비 좋아해?

제이비, 아티스트, 가수, 작곡가, 각종 음원 차트 1위 석권, 앨범 판매량과 수많은 기사와 가십에 이어 제이비가 발표한 곡이 연달아 짧게 플레이 됐다.

"멋지……."

이경의 눈이 동그래졌다. 실수였다. 나는 재빨리 렌더로 말했다.

—멋지다.

—물론 멋지지. 제이비 노래, 뭐 제일 좋아해?

나는 잠시 망설였다. 제이비를 잘 알지 못하지만 대답은 할 수 있다. 렌더가 들려준, 아마도 1위를 했던 노래 중 하나를 선택하면 적당한 답이 될 것이다.

—혹시 제이비 안 좋아하니?

나는 솔직히 말했다.

—제이비를 잘 몰라. 그런데 이제 좋아질 것 같아.

—어떻게 제이비를 몰라?

—멀리서 왔거든.

—너 진짜 웃긴다. 어디 외계 행성에서라도 왔니?

이경에게 내가 살던 곳에 대해 말해 줬다. 높은 산, 깊은 숲, 새 둥지 같은 마을, 마을 어귀에 있는 커다란 나무와 개울의 징검다리, 대나무 숲에서 쏴아아 들려오던 바람 소리. 이상하게 이미지는 흐릿했고 바람 소리는 뭉개져 스산히 흩어졌다.

이경은 무표정한 얼굴로 내 얘기를 들었다. 하지만 이경과 나 사이의 공기가 미묘하게 변했음을 나는 감지했다. 잠시 뒤 이경이 물었다.

—너 혹시 헤카테인이니?

헤카테인. 들어 본 단어다.

기억났다. 할머니가 했던 말. 급히 떠나는 통에 무슨 뜻이냐고 묻지 못했다. 하지만 내겐 방법이 있다. 재빨리 렌더로 검색했다.

헤카테인: 예전 생활 방식을 고수하며 사는 사람들. 렌더 대신 신체 기관을 통해 의사소통한다. 주로 깊은 산속이나 외딴섬에서 마을을 이루고 사는데 점차 그 규모와 수가 줄어들어 찾아보기 어렵다.

이미지와 영상도 있었다. 숲과 작은 섬, 논과 밭, 지붕이 낮은 집들. 그중 어떤 곳은 내가 살던 데와 흡사해 보였다.

—신기하다. 헤카테인은 처음 봐.

이경이 무표정한 얼굴로 말했다.

나의 당혹과 충격을 이경은 분명 느꼈을 것이다. 렌더를 통해 생생히. 이상하게 나는 이경의 속내를 알 수 없었다.

이경은 더 이상 내게 제이비에 대해 묻지도 헤카테인에 관해 얘기하지도 않았다. 우리는 별로 나눌 말이 없었다. 하지만 그 뒤로 반 아이들이 변했다. 없는 애나 마찬가지인 내게 갑자기 관심을 두기 시작했다. 발신자를 알 수 없는 이미지와 동영상이 수시로 도착했다. 주로 침팬지나 오랑우탄, 원시 인류의 모습이었다.

—나뭇가지를 마찰시켜 불 피울 수 있어?

내게 한 번도 말을 건 적 없는 애가 물었다. 킥킥대는 웃음소리가 머릿속으로 흘러들었다.

이내 문자 메시지가 왔다.

—멀리 있는 사람에게 헤카테인이 말하는 법.

바로 이어진 답 메시지.

—엄청 빨리 뛰어가서 말한다.

왁자한 웃음소리. 또 다른 문자.

—전달하는 데 1년 걸림.

폭죽처럼 웃음소리가 터졌다.

—토끼? 다람쥐? 옷은 어떤 짐승 가죽으로 만들어 입어?

다시 웃음소리.

—뱀 먹어 본 적 있어?

머리가 뾰족한 노란색 뱀이 꿈틀대는 영상이 전송됐다.

먹어 본 적은 없지만 산에서 늘 뱀을 봤다. 뱀은 건드리지
않으면 먼저 공격하지 않는 법이다. 무섭지 않다. 그깟 영상 따
위엔 눈 하나 깜짝하지 않는다. 그러자 수많은 영상이 한꺼번
에 전송된다. 수백, 아니 수천 마리 뱀들이 꿈틀대고 서로 엉
키며 머릿속을 휘젓고 쉬잇쉬잇 하는 소리와 이상야릇한 냄새
를 내뿜는다. 서늘하고 미끄덩하고 끈적끈적한 감촉이 온몸을
덮은 순간 나는 더 견디지 못하고 교실을 뛰쳐나갔다. 폭탄 같
은 웃음소리가 나를 덮쳤다. 화장실로 달려갔다. 토하고 싶지
만 렌더는 안정 효과가 있는 냄새와 소리로 나를 진정시켰다.
가슴이 답답했다. 머리가 터질 것 같다. 그것도 이내 해결됐다.
나는 평정을 되찾는다.

헤카테인에 대한 다른 의미도 있다. '타인과 사회적 교류가

적거나 없는 사람, 시사나 유행에 뒤처지고 관심이 없는 사람, 은둔자나 외톨이를 뜻하거나 몸이 굼뜨고 아둔한 사람을 가리켜 멸시하는 의미로 쓰이기도 한다.'

이곳에서 나는 헤카테인이었다. 물론 다른 의미로도.

나는 잘 먹지 못했다. 눈앞의 음식을 보면 절로 군침이 돌았다. 렌더가 식욕을 촉진하는 냄새와 이미지를 계속 보내기 때문이다. 하지만 한 입도 넘길 수 없었다. 식판의 음식을 고스란히 쓰레기통에 버렸다. 잠도 잘 자지 못했다. 피곤해서 금방이라도 쓰러질 듯했지만 침대에 누우면 잠은 멀리 달아났다. 마을을 떠난 뒤로 깊이 잠든 적 없었다. 눈을 감아도 끝없이 눈앞에 이미지가 떠오르고 소리가 들려왔다. 깜빡 잠이 들었다가도 이경이 말을 걸어 깨곤 했다. 착각이었다. 이경은 방을 옮겨서 나는 줄곧 혼자였다.

억지로 잠을 청할 때면 할머니가 가르쳐 준 방법을 시도했다. '한 가지 대상에 집중하면 소리를 차단할 수 있다.' 할머니가 아침마다 훈련시킨 이유를 비로소 깨달았다.

내가 떠올린 건 여우였다. 환하게 달을 비추는 금빛 여우. 어둠 속에서도 빛나는 북실북실하고 아름다운 꼬리를 생각했다. 하지만 잘 되지 않았다. 여전히 끊임없는 소리가 머릿속에 휘몰아쳤다. 그것은 유령처럼 내게 달라붙어 떨어지지 않았다.

언젠가부터 기숙사에 유령이 나타난다는 소문이 돌았다. 깊은 밤 문밖에서 들려오는 소리, 복도를 배회하는 흐릿한 그림자, 잠긴 문고리를 돌리는 기척, 잠결에 놀란 아이들은 비명을 질렀고 용기를 낸 아이가 떨면서 문을 살짝 열어 복도를 살폈지만 아무도 없었다. 그런 일이 며칠 동안 이어졌다.

아이들은 틈나면 유령에 대해 얘기했으므로 소문에 어두운 나도 모를 수 없었다. 나는 유령의 존재를 어렴풋이 짐작했다. 아침에 일어나 보면 내 발바닥은 먼지로 더러워져 있었다. 아저씨가 나를 데리러 학교에 온 건 마침내 전교생이 유령의 정체를 알게 된 때였다.

나는 다시 입원했다. 여러 검사를 받았지만 몸에 특별한 문제는 없었다. 렌더 역시 정상적으로 작동했다.

—입원해서 좀 쉬는 게 좋겠다. 수면 장애는 건강해지면 호전될 거야. 빨리 회복해서 학교로 돌아가야지.

"집에 가고 싶어요."

아저씨가 나를 가만히 바라보다 말했다.

—힘들지? 살던 곳과는 너무 다르니까. 나도 처음에는 그랬어. 렌더가 어색하고 이곳이 낯설어 마을로 돌아가고 싶었지. 하지만 이건 과정일 뿐이야. 살면서 줄곧 겪어야 할 일들이지.

아저씨의 얼굴은 무표정했지만 걱정하는 마음이 렌더로 전해졌다.

나는 금빛 여우를 떠올렸다. 어둑한 달의 표면, 높이 솟은 언덕과 깊은 골짜기, 검은 달의 바다. 나는 어디로 향하는지 모를 거친 길을 걷는다. 그곳은 새끼 여우들이 한데 엉켜 꿈을 꾸고 있는 곳. 잠꼬대하며 움찔거리는 새끼 여우의 몸이 이따금 희미하게 빛나고 길을 잃고 헤매던 작은 토끼는 그 빛을 따라 두려운 걸음을 옮긴다. 작은 발자국은 한참 이어진다.

돌연 검은 밤하늘을 가르며 별 하나가 떨어진다. 별이 떨어진 곳에 신비스러운 광채가 일어 어둠을 밝힌다. 금빛 여우다. 부드러운 털이 파도처럼 일렁이고 빛나는 꼬리가 불꽃처럼 타오르며 하늘 높이 솟구친다. 소용돌이치던 금빛 조각이 유성우처럼 쏟아져 내린다. 나는 찬란한 광휘 속에서 몸을 떨었다. 조용한 가운데 아름다운 소리가 들려오고 그건 분명 금빛 여우의 노래였다.

산어귀에 도착하자 한밤중이었다. 새벽에 병원을 몰래 빠져나온 뒤로 종일 쉬지 않고 차를 갈아타고 걸었다. 우리 마을은 주소도 없고 지도에도 나오지 않지만 나는 틈날 때마다 렌더로 탐색했다. 그러다 발견했다. 짙은 녹색 숲 위에 내려앉은 은백색 독수리. 태양의 위치와 구름의 그림자에 따라 수시로 모습이 달라지는 봉우리. 분명 내가 아는 곳이었다. 우리 마을을 내려다보는 하얀 얼음 산. 그곳에 가는 방법을 검색하고 매일 머릿속으로 길을 그려 보았다.

드디어 눈앞이었다. 나는 깊이 숨을 들이쉬었다. 차가운 공기 사이로 숲 냄새가 밀려들었다. 그리웠던 냄새다. 머릿속이 서서히 맑아졌다. 어둠 속, 지도에도 나오지 않는 길을 향해 걷기 시작했다.

사방에서 소리가 들려왔다. 낯선 이의 등장을 알리는 날카로운 새소리, 재빨리 달아나는 작은 짐승들의 기척, 땅속으로 기어드는 벌레와 바위 아래 흐르는 희미한 물소리, 이따금 불어온 바람이 숲을 흔들어 온통 수런거렸다. 덤불로 뒤덮인 어두운 숲속으로 나는 귀와 눈, 손과 발에 닿는 감각에 의지해 걸음을 옮겼다. 고개를 들자 높이 솟은 나무 사이로 검푸른 하늘이 보였다. 쏟아질 듯이 별이 총총하고 멀리 희미하게 달이 빛났다.

동이 틀 무렵 마을에 도착했다. 손과 뺨이 차갑게 얼고 다리가 무거웠지만 단숨에 달려갔다. 나지막한 지붕, 굴뚝에서 하얀 연기가 솟아오르는 작은 집. 눈앞이 흐릿해져 나는 손으로 눈을 비볐다. 이른 새벽이지만 할머니는 이미 일어나 아침밥을 준비하고 있을 것이다.

가만히 문을 열었다. 단숨에 밀려드는 익숙한 냄새. 따스한 공기가 나를 포근히 감쌌다. 드디어 돌아왔다.

그런데 뭔가 이상하다. 너무 조용했다. 부엌에서 풍기던 기름 냄새도, 가지런히 채소를 써는 칼질 소리도 나지 않고 부지런히 움직이는 할머니의 모습도 보이지 않았다. 공기는 흐르지 않고 무겁게 가라앉아 집 안은 어둑했다.

"할머니?"

방문을 열고 나온 할아버지의 눈이 크게 열렸다. 마치 유령이라도 본 듯한 얼굴이었다.

달려가 할아버지를 끌어안았다. 할아버지가 내 얼굴을 멍하니 들여다보다 확인이라도 하듯 조심스레 쓰다듬더니 허, 하고 탄식하며 나를 꽉 보듬었다. 할아버지는 나를 사랑한다. 렌더가 아닌 할아버지의 품으로 느낄 수 있었다. 참을 새도 없이 눈물이 후드득 쏟아졌다.

할머니는 잠들어 있었다. 나를 반기지도, 안아 주지도 않는다. 내가 온 것도 모른다. 할아버지는 내가 떠난 뒤 할머니의 기력이 급격히 떨어지더니 얼마 전부터 자리에서 일어나지 못한다고 말했다. 나는 할머니 목을 그러안고, 손을 잡고, 냄새를 맡고, 얼굴을 부비고, 귀에 대고 내가 왔다고 속삭이고 속삭이다 울었다. 할머니는 모른 척하고 계속 자는 시늉을 했다. 어릴 때 할머니와 종종 하던 놀이였다. 나란히 누워 먼저 눈을 뜨는 사람이 지는 게임이었다. 나는 이기려고 안간힘을 쓰며 버티다 어느새 진짜 잠이 들곤 했다.

이번엔 먼저 눈 뜨는 사람이 이기는 거야, 할머니. 나는 할머니에게 말했다. 할머니는 분명 알아들었을 것이다. 할머니 옆에 누워 눈을 감았다. 잠시 뒤 저 멀리 어두운 벌판을 가로질러 금빛 여우가 천천히 다가왔다.

아주 먼 옛날 달에서는 여우와 토끼가 같은 언어로 말했다. 사는 곳과 먹는 것이 달랐지만 서로를 미워하거나 두려워하지 않았다. 여우가 어미 잃은 아기 토끼를 발견하면 젖을 먹였고 토끼도 길 잃은 아기 여우를 품에 안고 울음을 달래 주었다. 새끼를 기르는 어미들은 굳이 서로 말이 필요 없었다. 어린 것을 다 제 자식처럼 소중하게 품었다. 그러던 어느 밤, 하늘에서 커다란 운석이 떨어져 달이 몇 날 며칠 불에 활활 탔다. 풀도 나무도 모조리 시커멓게 타 죽고 땅과 물이 펄펄 끓었다.

긴 시간이 흐른 뒤 땅이 서늘하게 식자 깊은 굴속에 숨어 있던 여우와 토끼 들이 밖으로 나왔다. 오랫동안 만나지 못했던 여우와 토끼 들은 서로를 알아보지 못하고 경계하며 두려움에 떨었다. 여우와 토끼의 말은 그사이 달라져 더 이상 뜻이 통하지 않았다. 배고픈 여우는 토끼 떼를 쫓았다. 필사적으로 도망치고 추격했다. 드디어 여우가 무리에 뒤처진 토끼 한 마리를 잡았다. 단숨에 숨을 끊으려는 순간 여우는 바들바들 떨고 있는 토끼를 알아봤다. 아주 오래 전에 엄마 품에서 형제들과 함께 젖을 먹던 어린 토끼였다. 여우는 토끼를 놓아주고 어둠 속으로 달려갔다. 달의 뒷면으로 사라진 금빛 여우는 다시 돌아오지 않았다. 그러나 토끼가 방아를 찧는 날이면 멀리서부터 희미하게 환해지며 금빛 가루를 실은 바람이 불어와 토끼를 부드럽게 어루만졌다.

나는 눈 쌓인 산을 올랐다. 한참 걸어 작은 공터에 도착했다. 저 아래 마을이 조그맣게 보이고 우람한 나무들이 에워싸 아늑했다. 눈 속에서 발견한 노란 꽃을 봉긋하게 솟은 흙더미 앞에 두었다. 할머니가 좋아할 것이다.

숲에서 바람이 불어오고 할머니가 내게 말했다.

우리 아가 왔니?

너무도 그리운 목소리. 그러자 어렴풋이 보이기 시작했다. 점점 더 또렷해졌다.

멀리 작은 가방을 들고 산을 오르는 여자가 보였다. 이따금 걸음을 멈춰 숲속에서 들려오는 소리에 귀 기울이다 미소 짓는 여자의 얼굴은 어쩐지 낯익다. 여자는 높은 산과 울창한 나무가 둘러싼 외딴 마을에 도착해 아이들을 가르친다. 여자는 때때로 교실 창가에 산딸기와 밤과 노란 꽃을 몰래 두고 가던 남자와 결혼해 아이를 낳았다. 아이는 건강하게 무럭무럭 자라 학교 다닐 나이가 됐고 수업 시간에 선생님을 자꾸만 엄마라고 불러서 친구들을 웃게 했다. 아이의 얼굴은 놀랍게도 나와 매우 닮았다. 시간이 흘러 성장한 아이는 도시로 떠나고 종종 마을을 찾아와 잠시 머물다 다시 도시로 향했다. 그러다 아이는 돌아오지 않았다.

오랜 시간이 흐른 뒤 여자가 작은 가방을 들고 산을 올랐다. 여자는 아기를 업고 있었다. 아기는 눈을 동그랗게 뜨고 사방을 두리번거린다. 나무 위에서 우는 새와 하얗게 핀 아카시아 꽃 사이로 붕붕대는 벌과 나풀나풀 날아다니는 노란 나비, 나무 뒤에 숨어 지켜보는 사슴과 숲에서 불어오는 바람 냄새. 아기는 모든 게 신기하다. 나는 아기가 누군지 바로 알았다. 아기를 업고 있는 여자를 나는 아주 많이 그리워했다. 엄마.

엄마와 할머니는 머리를 맞대고 낮잠 자는 나를 내려다본다. 마치 몹시 진귀한 것을 구경하듯이. 눈에는 웃음이 가득하다. 이따금 오물거리는 작은 입과 빨갛게 달아오른 뺨과 통통한 팔다리를 살며시 만져 보고 쓰다듬는다. 더운 여름이고 마을 어귀 오백 년 된 나무에서 매미 소리가 들려온다. 할머니는 내게 살살 부채질을 해 준다. 엄마는 차가운 물에 복숭아를 씻어 온다. 복숭아는 탐스럽게 익어 손으로도 술술 껍질이 벗겨진다. 엄마는 복숭아를 잘라 할머니 입에 넣어 준다. 달다. 할머니가 웃는다. 달콤한 즙이 줄줄 흐르는 복숭아를 베어 먹으며 엄마가 말한다. 우리 아기는 여우에게 입양 보낼래. 어린 토끼에게 젖을 주고 토끼가 무서울 때마다 빛을 비춰 준 다정한 여우.

아가야, 네 양부모는 여우야. 언제나 너를 지켜 줄 거야.

엄마는 어린 내 귀에 속삭이고 할머니는 조용히 미소 짓는다. 잠에서 깬 나는 무언가 옹알거렸고 엄마가 웃으며 나를 안아 들었다.

나는 나를 안는 엄마를, 엄마에게서 풍기는 복숭아 냄새를, 등을 쓰다듬는 부드러운 손길을, 나직이 자장가를 부르는 목소리를, 그 옆에서 나와 엄마를 바라보는 할머니를 부르고 만지고 안고 싶었고 서서히 희미한 빛이 나를 감쌌다. 그 빛은 너무도 포근하고 따스해서 나는 살며시 눈을 감았다.

눈을 뜨자 할머니의 무덤 뒤, 진녹색 그늘 속에서 금빛 여우가 나를 가만히 지켜보고 있었다. 모든 소리가 사라지고 부옇게 눈발이 날리기 시작했다. 뺨에 차가운 것이 떨어져 고요히 녹아 흘렀다.

행성어
작문 시간

작문 담당인 조우마린 선생은 숙제를 많이 내 주기로 유명했다. 선생은 고약한 성격으로도 악명 높았다. 쌀쌀맞은 표정으로 턱을 치켜올린 채 학생들을 깔아뭉개듯 내려다봤다. 읽고 쓸 줄 모르고, 심지어 말도 제대로 못 하는 너희 같은 애들은 질색이라는 표정이 역력했다. 나도 마찬가지였다. 조우마린 선생이라면 끔찍했다. 하지만 작문은 필수 과목이라 선택의 여지가 없었다. 게다가 나는 작문 수업을 다시 들어야만 했다. 작년에 선생이 내게 낙제점을 준 덕분이었다.

출석을 부르고 난 뒤 조우마린 선생이 말했다.

"반갑군요, 오올리아쉐시비이이이아오요킨. 내 기억이 맞다면 학생은 내 수업이 두 번째죠?"

선생은 2년째 내 이름을 제대로 발음하지 못했다.

"올해가 학생을 보는 마지막 해라면 좋겠군요."

애들이 킥킥댔다. 선생님이 낙제점을 안 주시면 돼요. 그렇게 대답하고 싶었지만 그저 어색하게 웃었다. 교실에서 나는 늘 그런 표정을 짓는다. 웃기지도 않은데 웃는 표정.

"어디 두고 보죠, 오올리아쉐시비이이아오요킨."

이번에는 가까스로 대답했다.

"그냥 요킨이라고 불러 주세요."

선생의 뺨이 씰룩 움직였다. 내 발음 때문일 것이다. 우리 가족은 구오진을 떠나 이곳 헤카테에 정착한 지 3년째였고 내 발음은 아직 어눌했다.

수업이 끝나고 교실에서 나오는데 아이샤가 따라붙었다.

"두고 보겠어요, 오올리아쉐시비이이아오요킨."

조우마린 선생을 흉내 내면서 아이샤가 키득거렸다.

아이샤가 왜 내게 친한 척하는지 모르겠다. 아이샤포트프루와와르와였던가, 그런 이름이었는데 아이샤라고 불러 달라고 했다.

아이샤는 속스 출신이었다. 속스 출신은 여기 와서 처음 봤다. 그전에는 속스란 행성이 있는 줄도 몰랐다. 아이샤도 구오진인은 처음이란다.

속스와 구오진 사이의 거리만큼이나 아이샤는 나와 동떨어진 애였다. 그런데 어쩌다 보니 학교에서 말을 나누는 유일한 사이가 되었다. 지난 학기에 학교 식당에서 혼자 밥을 먹고 있는 내게 옆에 앉아도 되냐고 묻고는 대답을 기다리지도 않고 자리를 차지한 다음부터였다. 아이샤도 혼자 밥 먹는 애 중 하나였다. 그 뒤로 아이샤는 식당뿐 아니라 교실에서도 은근슬쩍 내 옆에 앉곤 했다.

알고 보니 아이샤는 엄청 수다쟁이였다. 다행인 건 아이샤는 자신이 말한다는 게 중요할 뿐이라 딱히 맞장구치거나 적절한 반응을 보이기 위해 노력할 필요가 없었다. 그렇게 말이 많은 데도 아이샤의 헤카테어 실력은 별로 신통치 않았다. 그래도 수다 떠는 데는 문제 없었다. 아이샤에게는 통역기가 있었다. 학교에서 통역기를 쓰는 애는 드물었다. '통역기 사용 금지'라는 교칙 때문만은 아니었다. 통역기는 꽤 비쌌기 때문이다. 통역 가능한 언어가 추가될수록 더 비쌌다. 헤카테인에게 필수품이라면 저렴한 통역기가 나왔을 것이다. 통역기는 이주민들에게만 절실한 물건이었다.

"첫 시간부터 과제라니, 앞날이 깜깜하다."

아이샤의 통역기가 전했다.

아이샤가 속스어로 말하면 기계가 헤카테어로 바꿔 줬다. 이왕이면 구오진어로 통역해 주면 좋겠지만 아이샤의 통역기에는 구오진어 통역 기능이 없었다. 대충은 알아들을 수 있다. 내가 이해하지 못하거나 오해하더라도 상관없다. 아이샤는 눈치채지 못하고 신경 쓰지도 않는다. 속스어는 대화를 위한 언어가 아닌지도 모른다. 그런 언어가 존재할까 싶지만.

이곳 헤카테에서 나는 종종 그런 기분이 든다. 대화를 한다기보다 구경하거나 모방하는 것 같다. 헤카테어로 말하거나 쓰는 건 조우마린 선생이 좋아하는 '비유'라는 표현법으로 이야기하자면, 수면 위로 고개를 내민 물고기가 된 기분이다. 숨이 막히고 심장이 쪼그라든다.

헤카테어와 구오진어는 매우 다르다. 헤카테어는 반드시 주어로 문장이 시작되지만 구오진어에서 주어는 대부분 생략된다. 필요한 경우에는 문장 맨 마지막에 온다. 행위의 주체보다 행위 자체가 중요하기 때문이다. 구오진어에는 서술어에 시제가 없다. 말하거나 쓰는 순간 모든 행위는 과거가 되고 미래를 구속하기 때문이다. 시간을 표현하고 싶다면 시간을 나타내는 단어를 더하면 된다. 그런 경우는 드물다. 모든 행위는 연속성을 띠기 때문이다.

구오진어는 헤카테어보다 훨씬 간결하고 명료하다. 내 생각에는 그렇다. 헤카테인들은 상황이나 사건을 모호하게 표현하길 좋아하는 것 같다. 조우마린 선생은 예나 비유를 적절하게 쓰면 의미를 좀 더 효과적으로 전달할 수 있다고 했다. 나는 그것을 이해할 수 없다. 그래서 내 작문 점수가 형편없나 보다. 그게 다는 아니다. 나는 조우마린 선생이 내는 과제가 불편하다. 조우마린 선생은 늘 자신의 이야기를 쓰라고 했다. 내 경험과 생각, 느낌이 담긴 글을 요구했다. 구오진에서는 자신의 이야기를 하는 건 아주 친밀한 사이에서나 가능하다.

"작문 때문에 졸업증 못 받는 애들이 많다더라."

아이샤의 통역기가 나도 익히 들은 소문을 말했고 나는 대꾸하지 않았다.

"에이, 설마 또 낙제하겠어? 졸업증은 받겠지."

아이샤가 씩 웃으며 내 등을 툭 쳤다. 등을 툭 치는 게 아이샤의 행성에서는 어떤 의미인지 모르겠다. 구오진에서는 한판 붙자는 뜻이다.

졸업증은 매우 중요했다. 일반 헤카테 학교 진학에 반드시 필요한 자격증이기 때문이다. 행성어 학교의 4년 과정은 정규 과정 편입을 위한 준비인 셈이었다. 졸업증을 받지 못하면 정규 교육을 받을 기회는 영영 사라진다. 헤카테 사회로 진입하는 길에서 멀어진다는 의미였다. 필수 과목을 하나라도 통과하지 못하면 졸업증을 받지 못한다. 나는 다른 필수 과목들, 역사와 수학, 과학 등등은 이미 통과했고 남은 몇 과목의 성적도 나쁘진 않다. 그러니까 내 졸업증은 조우마린 선생의 손에 달렸다고 해도 과언이 아니다.

"교장한테 엄청 알랑방귀를 뀐대, 조우마린 선생 말이야. 학생들은 한낱 풍뎅이 취급하면서. 진짜 재수 없지 않냐?"

"풍뎅이?"

파리나 바퀴벌레라고 하려던 게 아닐까 싶어 물었다.

"어, 풍뎅이. 왜?"

통역 오류인 것 같았다. 아니면 아이샤의 행성에서는 풍뎅이가 이곳의 파리나 바퀴벌레와 비슷한 존재인지도 모른다.

엄마는 바퀴벌레라면 질색했다. 파리도 보는 족족 때려잡는다. 성가시고 제발 없어졌으면 하는 존재들. 풍뎅이는 조금 귀엽지 않나? 조우마린 선생이 나를 풍뎅이 취급하는 상상을 하니 약간 이상하긴 했다.

"뭐 하냐, 귀염둥이?"

노크 소리와 함께 아빠가 내 방문을 열고 물었다. 구오진어였다.

아빠는 집에서 늘 구오진어로 얘기했다. 언어를 잃으면 근본을 잃는 거라고 아빠는 말했다. 나무도 뿌리가 상하면 넘어지거든. 근본도 없이 살고 싶진 않겠지, 요킨? 아빠는 마치 자신에게 다짐하는 듯 내게 말하곤 했다. 자신이 누구인지, 어디에서 왔는지 잊지 않기 위해 모국어를 지켜야 한다고 아빠는 주장했다. 나는 헤카테어로 아빠 같은 사람을 뭐라고 부르는지 안다. 꼰대. 물론 입 밖에 낸 적은 없다.

"공부하냐, 귀염둥이?"

"숙제."

"숙제란 말이지? 숙제하느라 엄청 바쁘구나?"

"내일까지 내야 해."

"무슨 숙젠데?"

"작문."

"그래, 숙제는 해야지."

나는 아빠가 내비치는 의중을 알면서도 모르는 척했다. 아빠에게 잡히면 또 몇 시간이고 근본 타령을 들어야 할 것이다. 아빠는 애가 타는 얼굴로 방으로 들어왔다.

"그러니까 너는 헤카테어로 쓸 줄도 아는구나."

책상 위에 펼쳐진 노트를 뚫어지게 들여다보던 아빠가 말했다.

"글씨 참 잘 쓰네."

아빠가 내 머리를 한번 쓰다듬고 머쓱한 표정으로 방에서 나갔다. 아빠는 헤카테어를 읽을 줄도 쓸 줄도 몰랐다. 말하는 것 역시 서툴렀다.

이주 직후 부모님은 몇 달 동안 정착 교육을 받았다. 교육 과정에는 언어 수업도 포함되어 있었다. 하지만 아빠의 헤카테어는 좀처럼 늘지 않았다. 반면에 엄마는 일취월장했다. 배운 걸 잊지 않기 위해 집에서도 헤카테어로 얘기했다. 아빠가 마땅찮은 표정으로 근본 운운할 때마다 엄마는 말했다. 나무를 옮겨 심으면 새로 뿌리를 내려야지. 적응 못 하면 죽는 거야, 안 그래? 아빠는 아무 대꾸도 못 했다.

엄마는 아빠보다 먼저 일자리를 찾았다. 구오진에서 엄마는 거의 집에만 있었다. 구오진에는 일자리가 부족했고 돈 되는 일은 대부분 남자가 차지했다. 엄마는 이곳에 온 뒤로 좀 변한 것 같다. 나 왔어, 하고 집 안에 들어서는 엄마의 목소리는 크고 활기찼다.

아빠도 일을 구하긴 했지만 정규직은 아니었다. 구인 사무

소에 '회계 재무 관리 업무 가능, 관련 직 경험 있음, 서류 작성 능숙'이라는 이력을 등록해 놓은 아빠는 자신의 훌륭한 능력에 걸맞은 일자리가 나기를 매일 기다렸다. 하지만 돌아오는 건 경력과 전혀 상관없는 일뿐이었다. 아빠에게는 '헤카테인'이라는 능력이 부족했던 거다. 아빠에겐 통역기가 절실했지만 구오진어 통역기는 없었다. 이곳에 구오진인은 드물었다.

아빠는 집에 돌아오면 이제야 살겠다는 듯이 숨을 파, 내쉬고는 물 만난 물고기처럼 잠시도 쉬지 않고 말을 쏟아 냈다. 주로 구오진 얘기였다. 구오진이 얼마나 좋았는지, 그곳 사람들이 얼마나 정이 넘쳤는지. 아빠가 말하는 구오진과 내가 기억하는 구오진은 사뭇 달랐다.

내가 살던 행성인 구오진은 눈과 얼음뿐인 곳이었다. 태양이 하루 네 시간쯤 인색한 빛을 던지고 사라지면 완전한 어둠으로 덮였다. 구오진도 이곳 헤카테처럼 사계절이 있었다고 한다. 오래전 얘기였다. 봄과 여름, 그리고 가을과 겨울은 더 이상 쓰이지 않는 단어였다. 내가 아는 건 뼛속까지 파고드는 한기와 긴긴밤뿐이었다. 학교까지 걸어가는 동안 장갑 낀 손과 털 장화 속의 발이 꽁꽁 얼고 눈썹마저 하얗게 얼어붙었다. 세상은 원래 그런 줄로만 알았다. 비교할 대상이 없어 다행이었다. 얼마나 혹독한 추위였는지 헤카테에 와서야 알았다. 이곳의 가장 추운 날도 구오진의 가장 덜 추운 날보다 따뜻하다.

추위가 모든 것을 얼려 버리기 전, 구오진에도 태양 아래 숲과 들이 펼쳐지고 나무에는 탐스러운 열매가 맺혔다. 꽃이 가득 핀 초원을 작은 동물들이 달리고 새와 나비가 날았다. 경작 가능한 작물의 종류가 다양하고 수확량이 풍족했다. 그런 전설을 역사 시간에 들었다. 구오진의 기후 변화는 오래전부터 예측되어 왔고 그 결과도 오랫동안 경고됐지만 결국 변화를 늦추거나 막지 못했다. 온실 바깥에서는 아무것도 자라지 않게 되어 식량이 급격히 부족해졌다.

나는 항상 배가 고팠다. 엄마가 늘 자신의 접시에서 덜어 주는 음식을 차마 거절하지 못했다. 물가는 무섭게 오르고 돈 주고도 구할 수 없는 것들이 점점 늘었다. 달걀과 우유, 고기, 신선한 채소, 털옷과 장화, 그리고 어린아이들의 웃음과 미래. 구오진인들은 다른 행성으로 이주하기 시작했다. 살 수 있는 곳이면 어디로든 갔다.

우리 가족이 일찍 떠나지 못한 건 아빠 때문이었다. 아빠는 상황이 나아지리라는 미련을 버리지 못했다. 그건 아빠가 낙관적인 사람이어서가 아니라 겁이 많은 사람이어서였다. 아빠는 추위와 굶주림보다 낯선 곳이 더 두려웠다. 그런 아빠를 엄마가 설득했다. 당신과 난 괜찮아. 이곳에서 얼어 죽든, 굶어 죽든 상관없어. 하지만 내 딸이 그렇게 죽는 꼴은 못 봐. 결국 아빠도 결심했다.

왜 헤카테를 택했느냐고 물은 적 있다. 아빠는 선택이 아니었다고 했다. 구할 수 있는 유일한 표가 오직 헤카테행이었을 뿐.

무엇을 기대했는지 모르지만 도착한 곳은 아빠의 상상과는 달랐던 것 같다. 아빠는 구오진에 남기고 온 게 많았고 아빠의 마음은 아직 이곳에 도착하지 않았다. 구오진어에서 서술어의 행위는 모두 과거이고 과거는 미래를 구속하므로.

내게도 그런 것들이 있었다. 익숙한 장소와 사람들, 숨 쉬는 법처럼 따로 배울 필요 없던 것들. 이제 여기엔 없다. 이곳에서 나는 밥 먹는 법까지 새로 배워야 했다. 나는 여기 헤카테가 좋지도 싫지도 않다. 봄과 벚꽃은 아름답다. 바람이 불어 하얗게 떨어지는 꽃잎이 꼭 구오진의 눈보라 같다. 아름답긴 하지만 몹시 기묘하게 느껴진다. 깊은 밤 창밖을 바라보다 문득 창에 비친 희끄무레한 내 모습을 보면 낯설다. 어딘가 나를 두고 온 기분이 든다.

"오올리아쉐시비이이아오요킨, 과제는 잘 해 왔나요?"

아이샤가 옆자리에 앉더니 조우마린 선생 흉내를 내며 킥킥댔다. 헤카테어였다.

학교에서는 헤카테어만 쓰는 게 규칙이었다. 하지만 규칙은 규칙일 뿐이다. 쉬는 시간에는 온갖 행성어가 쏟아졌다. 같은 행성 출신 아이들끼리 모여서 자기들 언어로 얘기했다. 학교에 구오진 출신은 나뿐이었다. 내가 입학했을 때 졸업반에 하나 있긴 했지만 말을 나눌 기회가 없었다.

조우마린 선생이 들어왔다. 교실이 일순 조용해졌다. 선생이 교탁 앞에 서서 예의 그 깔아뭉개는 듯한 눈빛으로 교실 안을 한번 둘러보았다.

"다들 과제를 해 왔겠죠?"

주제는 '나의 행성'이었다. 적어도 열 문장 이상, 한 페이지를 채워야 했다. 선생은 아이들에게 과제를 발표하도록 했다.

작문 수업을 듣는 학생은 열일곱 명이었다. 크롤룹, 모르타, 사이안, 하누, 튤리파, 속스, 수리한, 아드린, 이눅, 그리고 구오진까지 모두 열 개 행성에서 왔다. 튤리파와 수리한, 아드린 출신은 두 명씩이고 이눅 출신은 다섯 명이나 됐다. 학교 전체에 서른 개 넘는 행성 출신 학생들이 있다고 들었다. 외모로 어디 출신인지 대충은 짐작할 수 있었다. 하지만 서로 굳이 묻지 않았다. 어차피 헤카테인으로 살기 위해 이 학교에 다니는 거니까. 출신 흔적은 빨리 지우는 편이 좋다. 그걸 아마 적응이라고 하는 것 같다.

아이들이 차례로 앞에 나가 작문을 읽기 시작했다. 헤카테와 비슷한 곳에서 온 아이가 있는가 하면 전혀 다른 환경에서 살다 온 아이도 있었다. 얼음으로 뒤덮인 행성은 없었다.

물이 급격하게 줄어 더 이상 살 수 없었다고 한 아이는 튤리파 출신이었다. 이눅 출신들은 이웃 행성과의 전쟁 때문에 이주했다. 그 이웃 행성이 바로 아드린이었다. 이주한 후에 이눅은 결국 아드린의 식민지가 됐다. 왜 이눅 출신 애들이 수업 시간 내내 아드린 애들을 잡아먹을 듯이 노려보는지 비로소 이해했다. 학교에 이눅 출신이 압도적으로 많은 이유도 알 수 있었다. 그들의 이주는 탈출에 가까웠다.

괜찮은 글도 있고 도무지 무슨 소리인지 알아들을 수 없는 글도 있었다. 하지만 다들 꽤 열심히 쓴 것 같았다. 낙제를 피하려는 필사적인 발버둥일 터였다. 조우마린 선생은 좋다 싫다 소리 한마디 없었다. 예의 그 눈빛으로 지켜보기만 했다. 이런 구제 불능 머저리들이라고 말하는 눈. 달갑지 않은 이방인을 향한 냉랭한 눈. 학교 밖에서도 나는 종종 그런 눈초리와 마주친다.

햄버거를 주문하는 내 말을 못 알아듣는 척하는 점원, 내가 지나갈 때 이주민들은 다 자기 행성으로 꺼져 버리면 좋겠다고 큰 소리로 말하던 남자. 빈자리가 많은데도 굳이 출입구 바로 앞 테이블로 우리 가족을 안내한 식당 직원도 있었다. 엄마가 안쪽으로 자리를 옮겨 달라고 했지만 모두 예약된 자리라고 했다. 우리가 식사를 마치고 나올 때까지 테이블들은 그대로 빈 채였다. 집으로 돌아오는 동안 우리 가족은 한마디도 하지 않았다. 그날은 엄마 생일이었다. 항의해 봐야 소용없다는 걸 매일 습득하는 날들. 그렇다고 익숙해지지는 않았다.

아이샤의 차례였다. 교탁 앞에 선 아이샤는 긴장한 기색이 역력했다.

"소, 속스는…… 초, 초록으로 뒤덮인 곳이었다. 거언……기

와 우, 우기로 나뉘었지만 거, 건기에도 거의 매일 하루에 한차
례는 비가 쏟아졌다. 우, 우기에는 하루에도 몇 번씩 비가 퍼부
었다. 하늘이…… 지, 찌, 찢어지기라도 하듯 물……포, 퐁, 폭
탄이 퍼, 퍼, 부었다. 비가 갑자기 그치고 나면 누, 눈, 눈부신
햇살이…… 트, 틀어진 하늘 사이로…… 쏟아졌다. 비가……
즈, 중, 증, 증발하며 자, 자욱한 안개가…… 꼈고…… 안개가
걷히고 나면 초, 초록 쑤, 쑤우, 숲은 더욱…… 무성하고 지, 짙
어졌다. 손을 뻗으면 어디서나 과, 과일을 따 먹을 수 있고……
뜨앙, 따앙, 땅속…… 자, 작물은…… 트, 튼, 튼실하게…… 부
리, 아니, 뿌리를 내렸고 강에서는…… 커, 커다란 무, 물고기
가 자압, 혔다.”

아이샤는 거의 알아듣지 못할 정도로 더듬거렸다. 그러다
읽기를 멈추더니 경련하듯 입가를 떨었다.

“아직 일곱 문장이에요, 아이샤포트프루와와르와.”

조우마린 선생의 말에 아이샤는 원망스러운 표정으로 한숨
을 푹 내쉬었다.

“그, 그런데 가, 갑자기…… 시, 식민지…… 처, 철수…… 머,
명, 명령이 떨어졌다. 회사가 속스에서 더 이상…… 수, 수익이
나지 않는다고…… 파, 판단했기 때문이다. 이주…… 조, 조,
조치가 내려진 지 한 달 만에 모두…… 속스를 떠났다. 회, 회
사가…… 정해 준 곳으로 이주해야 했다.”

열 문장은 채웠다. 하지만 아직 부족하다. 조우마린 선생은

글에 생각이나 느낌을 더해야 한다고 강조했다. 사실만 나열한 것은 보고서라고 했다.

"나는…… 치, 친구들과 헤어졌다. 친구들이…… 많이 보고 싶다."

아이샤가 읽기를 마쳤다.

"놀랍군요."

조우마린 선생이 학생의 발표에 처음으로 반응을 보였다.

"자기가 쓴 글을 제대로 읽지 못하다니 참 놀라워요, 아이샤 포트프루와와르와. 글은 읽기보다는 나았어요. 들어가도 좋아요."

아이샤는 벌게진 얼굴로 내 옆에 와 앉았다.

내가 마지막 차례였다. 나는 어젯밤 늦게까지 고치고 고친 글을 읽기 시작했다.

"내가 살은 구오진은 몹시 추웠다. 항상 얼음은 덮여 있었다. 밤이 길었다. 낮은 짧았다. 나무는 없다. 꽃도 없다. 헤카테에 와서 처음 벚꽃이 봤다. 봄이라는 것도 처음 알았다. 봄은 공기는 부드럽고 목덜미가 따뜻하다."

간밤에 마지막 문장을 쥐어짜기 위해 고심했다. 생각과 느낌을 더하는 게 중요하다. 나는 마지막 문장을 읽었다.

"그런 느낌은 처음이었다."

발표를 끝내자 조우마린 선생은 미간을 잔뜩 찌푸린 채 나를 노려보았다.

"그게 다인가요, 오올리아쉐시비이이아오요킨?"

나는 고개를 숙여 눈을 피했다. 선생은 내게 남으라고 했다.

수업이 끝나고 선생의 책상으로 갔다. 선생은 내 작문을 들여다보다 고개를 절레절레 흔들고 나를 잡아먹을 듯이 쳐다봤다. 나도 모르게 자꾸 어깨가 움츠러들어 이대로 풍뎅이가 되어 버릴 듯했다.

"오올리아쉐시비이이아오요킨, 이런 식이라면 다음 학기에 우린 다시 만날 수밖에 없을 것 같군요. 그걸 원하나요?"

내가 뭘 원하는지 관심 없으시잖아요. 대답 대신 나는 고개를 푹 숙였다.

"구오진어와 헤카테어는 많이 다르더군요."

뜻밖의 말에 고개를 들어 선생을 바라봤다.

"그러나 근본은 같죠. 전달과 소통, 기록과 보존. 작문 시간에 하는 건 그런 겁니다."

"그게 아니잖아요."

나도 모르게 말이 튀어나와 버렸다. 선생은 놀란 듯 뜨악한 표정으로 내 다음 말을 기다렸다.

"즈, 증명해 보이란 거잖아요. 헤카테 학교에 들어갈 만한 수준인지, 헤카테의 세금을 낭비하는 건 아닌지, 헤카테인 속에 끼워 줄 만한지 증명해 보이란 거죠."

선생이 못마땅한 표정으로 마지못해 고개를 끄덕였다.

"뭔가 얻기 위해선 증명해야만 하죠. 그건 누구나 마찬가지

예요."

"아니, 같지 않아요. 전 처음부터 다시 시작해야 한다고요. 여기서 원하는 대로요. 그, 그건 부, 불공평하죠. 내가 아닌, 완전히 다른 누군가가 돼야 하니까요."

선생은 나를 바라봤다. 한번 처다보는 것만으로 전부 얼려버릴 듯한 예의 냉담한 눈. 그런데 어쩐지 평소와는 다른 눈빛이었다. 선생은 딱히 나를 보는 것 같지 않았다. 내 너머의 무언가를 바라보는 듯했다. 이상하게도 그 얼굴은 어두운 밤, 내 방 창에 비친 모습을 떠오르게 했다. 저 아득한 우주 어딘가, 멀리 떨어진 행성과 행성 사이의 어둠을 조용히 응시하는 막막한 눈.

"완전히 다른 누군가가 될 수는 없어요. 그건 원한다고 될 수 있는 것도 아니죠. 구오진의 요킨과 이곳의 요킨은 같은 사람이에요. 그 사이에 있는 건 기억입니다. 떠나온 곳으로 두 번다시 갈 수 없다고 해도 그곳에 살았다는 건 변함없는 사실이고 기억에 남아 있죠. 잊거나 왜곡하려고 해도 기억은 제법 끈질긴 편입니다. 잃은 것이 무엇인지 기억한다면 회복하려고 하겠죠. 완벽한 원상 복구는 불가능할지라도 가까이 갈 수는 있을 겁니다. 그 모든 것들이 요킨을 요킨으로 남아 있게 할 거예요."

그 순간 공기 중의 뭔가가 약간 달라졌다고 느꼈다. 사정없이 몰아치던 회색 눈보라가 갑자기 그치고 희미하게 비친 햇

볕이 목덜미를 살짝 어루만지는 느낌. 어리둥절했다.

분명 들었지만, 그 말들을 이해하지 못한 채로 나는 물끄러미 선생을 바라보았다. 선생은 예의 딱딱한 표정을 짓고 있었다. 햇볕 같은 건 이미 사라지고 없지만 그 자취는 어렴풋이 남아 있다. 선생의 말이 어쩐지 구오진어의 어법처럼 들렸다. 과거는 미래를 구속한다. 현재의 나는, 그리고 미래의 나는 과거에서 왔다.

선생은 더는 설명해 주지 않았다. 딱히 내 반응이나 대답을 기다리는 것 같지도 않았다. 선생은 고개를 숙여 내 작문을 들여다보며 조사와 서술어를 두 개씩 고쳐 줬다. 그리고 마지막 문장인 '그런 느낌은 처음이었다.'는 감상이나 생각이 아니라 감각을 서술한 거라고 했다. 다음 과제는 적어도 스무 문장 이상 쓸 것, 그리고 형용사와 부사, 접속사가 있다는 걸 잊지 말라고 덧붙였다.

"또 낙제하고 싶은 건 아니겠죠, 오올리아쉐시비이이아오요킨?"

나는 고개를 저었다. 선생은 나가 보라고 했다.

교실 밖에서 아이샤가 나를 기다리고 있었다.

"그게 다아아아인가요, 오올리아쉐시비이이아오요킨?"

아이샤가 이죽거리며 흉내 냈다.

"진짜 재수 없어. 사람 괴롭히기가 취미인 것 같아."

아이샤가 통역기를 꺼냈다. 통역기는 조우마린 선생이 알코

올 의존증이라는 새로운 소문을 말해 줬다.

"밤마다 이트라 지구에 나타난대."

"이트라?"

이트라는 이주민들이 모여 사는 지역이었다. 그런 곳이 몇 군데 있었다. 내가 사는 동네도 그중 하나다. 조악한 가구가 딸려 있고 월세 낮은 집들이 모여 있는 구역. 단지 그 이유만은 아니었다. 헤카테인들은 이주민에게 집을 빌려주기를 꺼렸다. 그러다 보니 자연스레 이주민들이 모여 사는 거주지가 생겼다. 이트라는 가장 먼저 조성된 이주민 거주지였다. 미로 같은 좁은 골목을 따라 낡고 오래된 집들이 늘어서 있어 한낮에도 을씨년스러워 보이는 동네였다.

"그래, 그 동네 입구 골목에 술집이 쭉 이어져 있잖아. 밤마다 그 골목으로 들어간대."

이트라가 몹시 위험한 곳이라고 들은 적 있다. 미로 같은 그곳에서 폭력과 강도 사건이 잦고 사람이 실종되는 일도 종종 생긴다고 했다. 뉴스에는 나오지 않고 이주민들 사이에서만 도는 소문이었다.

"거기까지 가면 끝이지. 갈 데까지 간 거라고. 알지? 그런 사람이 선생이라고 우릴 풍뎅이 취급이나 하다니 말이야."

아이샤는 구시렁댔고 나는 잠자코 들어 주었다. 친구를 많이 보고 싶어 하는 아이니까 조금 참고 들어 줘도 될 것 같았다.

이곳에서 엄마의 낙은 텔레비전 시청이었다. 헤카테어 향상을 위해서라고 했지만 즐기는 게 분명했다. 엄마는 저녁을 먹고 나면 늘 텔레비전 앞에 앉았다. 장르를 가리지 않고 섭렵했고 뉴스는 특히 빠뜨리지 않았다.

설거지를 끝내고 아빠와 나는 엄마 옆에 앉았다. 뉴스를 보는 엄마 얼굴이 어두웠다.

"뭐라는 거야?"

아빠가 물었다.

"잠깐만."

엄마가 말했다.

아빠는 텔레비전을 보는 엄마 옆에서 매번 무슨 뜻이냐고 물어서 핀잔을 듣기 일쑤였다. 한번은 자꾸 묻지 말고 공부 좀 하라는 엄마의 말에 아빠가 토라져서 며칠 동안 두 사람이 말을 하지 않고 지낸 적도 있다. 서로 할 말이 생기면 나를 불러 대는 통에 무척 성가셨다.

"이주민 정책을 바꾼다는데, 이주 제한법을 만들 거래. 이주민이 너무 늘어서 문제가 많다고. 이주민 지원도 줄인다는데……. 아니, 그럼 이미 이주한 사람들은 어쩌란 말이지."

엄마가 심란한 표정으로 설명해 주자 아빠의 얼굴은 점점 굳었다. 뉴스에 따르면 행성어 학교 지원도 중단되거나 축소될 모양이었다. 정규 학교로 진학하는 이주민 아이들의 학비 보조도 확실치 않았다.

엄마와 아빠는 밤늦도록 소파에 앉아 있었다. 방문을 조금 열어 둔 채 책상 앞에 있는 나에게 두 사람의 목소리는 거의 들리지 않았다. 그냥 우두커니 앉아만 있는 모양이었다. 이주 전에도 엄마와 아빠는 그러곤 했다. 누군가에게, 그게 누구더라도 묻고 의논하고 싶은데 아무도 없어 막막한 표정으로. 어떤 선택이든 내려야 하고 선택의 결과를 감당해야 하는 건 자신들뿐임을 깨달을 때까지, 그렇게 앉아 있었다.

나는 문득 구오진에서의 역사 시간이 떠올랐다. 우리가 배운 건 실패와 후회의 과거뿐이었다. 혹시 내 부모가 지금 느끼고 있는 감정이 내가 배운 바와 같은 건 아닐까. 부모님이 침실로 들어간 뒤에도 나는 한참 동안 책상 앞에 앉아 있었다.

첫 번째 과제 시간 뒤로 조우마린 선생이 나를 따로 부르는 일은 없었다. 내 작문이 나아져서는 아니다. 선생은 수업 끝나는 종이 울리자마자 황급히 교실에서 나갔다. 학교 분위기는 어딘지 모르게 어수선했다. 새로 발표될 이주민 정책과 무관하지 않으리라 짐작되었다. 아이샤의 말에 의하면 선생들은 다른 학교에 일자리를 알아보느라 바쁠 거라고 했다.

학교가 언제 문을 닫을지 모를 일이었다. 문을 닫지는 않더라도 지금과 같지는 않을 것이다. 부모님은 대책 회의니, 이주 제한법 반대 시위 등에 분주히 참여하는 것 같았다. 넌 신경 쓸 필요 없어, 공부만 열심히 해. 부모님은 날 볼 때마다 그렇게 얘기하고 싶은 듯했지만 그저 말없이 내 책상에 간식을 놔

줄 뿐이었다.

부모님은 어느 때보다 열심히 뉴스를 시청했다. 한번은 두 사람도 참가한 집회에 대한 보도가 나왔다. 꽤 많이 모인 이주민들 사이에서 부모님의 얼굴은 찾지 못했지만 아는 얼굴을 발견했다. 아무래도 조우마린 선생 같았다. 하지만 그럴 리 없다. 조우마린 선생이 이주민들 속에 서 있을 까닭이 없었다. 그런데도 냉담한 눈초리와 무표정한 얼굴을 분명 본 듯싶었다. 밤새 생각해 본 끝에 착각이라고 결론지었다.

아무것도 결정되지도 해결되지도 않은 채로 시간이 흘렀고 마지막 작문 시간이 되었다. 늘 그랬듯이 나는 맨 뒷자리에 앉았다. 아이샤가 내 옆에 앉아 속닥댔고 나는 딴생각을 하며 가끔 고개를 끄덕여 줬다. 교실 안은 이상하게 차분했다. 단지 내 기분 탓일지도 몰랐다. 머리가 무거웠다. 지난밤 작문 숙제를 하느라 새벽이 다 돼서 잠자리에 들었다.

조우마린 선생이 교실로 들어와 과제를 발표하라고 했다. 이번 주제는 '○○하는 법'이었다. 무엇이든 만들거나 사용하는 법을 담는 글이다. 안내문 내지는 설명문인 셈이다. 자신의 경험을 바탕으로 생생하게, 읽기만 해도 그대로 따라 할 수 있을 만큼 상세히, 그리고 친절하게 쓰라고 했다.

바다에서 수영하는 법을 쓴 아이는 팔다리를 휘둘러 설명을 보충했다. 머리 땋는 법에 대해 써 온 아이는 작문을 읽으며 제 긴 머리를 땋아 보였다. 솜씨가 좋았다. 사제 폭탄 만드는 법을 써 온 애는 이눅 출신이었다. 이눅에서는 폭탄쯤은 세 살 난 애도 한 손으로 젖병을 들고 빨면서 나머지 한 손으로 만들 수 있다고 했다. 그 비유에 조우마린 선생은 예의 못마땅한 표정을 지었다.

개구리 훈련시키는 법이라는 작문을 모르타 애가 발표했을 때는 다들 웃느라 숨이 넘어갈 뻔했고 수리한 아이의 지렁이 낚시법은 그런대로 괜찮았다. 캠핑 과정을 써 온 아드린 애의 글은 텐트 치는 방법을 설명하는 부분부터 지루해졌다. 발표하는 동안 이눅 애들은 잡아먹을 듯이 노려보았다.

요리하는 법에 대해 발표한 아이들이 많았다. 드넓은 우주에는 신기한 음식들이 다양했고 설명만으로는 전혀 상상 불가능한 맛도 있었다. 그중 아이샤의 과자 만드는 법에 관한 글이 꽤 관심을 끌었다. 아이샤가 손수 만든 과자를 가져왔기 때문이다. 커다란 달팽이 모양에 겉은 살짝 탄 듯 갈색이 감도는 과자는 아이샤의 설명에 따르면 모양을 내는 게 관건이었다. 아이샤는 과자를 나눠 주고 싶어 했지만 조우마린 선생은 수업 시간에는 먹을 수 없다고 딱 잘라 말했다.

마지막으로 내가 앞으로 나가 작문을 읽기 시작했다.

"우리 가족은 화물 수송선의 화물칸에 타고 헤카테로 왔다. 구할 수 있는 자리는 그것뿐이었다. 화물 사이에 몸을 구겨 넣고 서로의 온기에 의지했다. 화물칸은 춥고 어두웠다. 어둠 속에서 신음과 훌쩍이는 소리가 들려왔다. 어린아이 하나가 큰 소리로 울음을 터뜨렸다. 나와 가까운 곳이었다. 대여섯 살쯤 된 듯했다. 춥고 무섭고 불편했을 것이다. 모두 그랬지만 아이에겐 더욱 힘들었을 터였다. 아이는 끊임없이 울었다."

나는 목이 잠겨 잠시 읽기를 멈췄다.

"제발 애 좀 달래라고 누가 고함 질렀다. 기다렸다는 듯이 불평이 쏟아졌다. 아이 부모가 달랬지만 소용없었다. 누군가 아이 가족에게 다가와 앉았다. 잘 안 보였지만 여자 같았다. 울음이 그치고 아이가 뭔가 먹는 소리가 났다. 그리고 잠시 뒤에 여자의 목소리가 조용하게 들려왔다. 나는 귀를 기울였다. 옛날이야기였다. 마법에 걸린 어린 소녀와 고양이와 거미와 용이 빙하를 타고 마법사를 찾아가는 이야기. 내가 어렸을 때 엄마가 읽어 줬던 책 내용이었다. 여자의 목소리는 나직하고 부드러웠다. 마치 침대 옆에서 내게 책을 읽어 주던 엄마의 목소리처럼 다정했다. 어느덧 아이의 고른 숨소리가 들려왔다. 나도 아이를 따라 잠이 들었다.

그 뒤로 아이가 울 때마다 여자들이 와서 이야기를 들려주었다. 이야기가 시작되면 아이는 잠잠해졌다. 아이뿐 아니라 화물칸 전체가 조용해졌다. 나는 어둠 속에서 들려오는 이야기에 귀 기울였다. 이야기들은 내 어릴 적 꿈에서 걸어 나온 것처럼 몽롱하고 어딘가 슬프면서도 아름다웠다. 아이가 잠든 뒤에도 이야기는 이어졌다. 자신의 어린 시절, 친구와 하던 놀이, 엄마가 해 주던 음식, 동생으로 알고 함께 놀던 고양이……. 그 고양이가 앓다 죽은 이야기를 할 때는 여기저기서 훌쩍이는 소리가 났다.

종종 남자들이 와서 조금 어색해하며 이야기를 꺼내기도 했다. 말솜씨가 좋은 이도 있고 별로인 사람도 있었다. 그래도 뭔가 얘기하고 싶어 했다. 덕분에 아이는 과자나 빵을 얻어먹을 수 있고 어른들은 잠시 악몽과 추위를 잊을 수 있었다. 다시 와서 이야기하는 이도 있고 다시 오지 않는 이도 있었다. 한 달 뒤, 이곳 헤카테에 도착해 화물칸이 열렸을 때, 승객은 처음보다 3분의 1 정도 줄어 있었다. 아빠는 살아남은 게 기적이라고 했다. 도착하지 못하고 별이 된 이들은 우주 어딘가를 떠돌고 있을 것이다. 아이는 살아남았다."

마지막 문장이 남았다. 생각이나 감상을 더해야 한다.

나는 남은 문장을 읽었다.

"다행이라고 생각했다."

다 읽고 나서 고개를 들자 아이들은 지루해 죽겠다는 표정이었다. 곁눈으로 조우마린 선생을 살짝 봤다. 선생이 잔뜩 찌푸린 얼굴로 나를 노려보고 있었다.

"오올리아쉐시비이이아오요킨!"

단숨에 심장이 얼어붙는 것 같았다.

"작문 제목이 뭐죠?"

"제, 제목은 '화물칸에서 살아남는 법'입니다."

선생이 차가운 눈으로 나를 바라봤다.

"상세하고 친절한 설명 맞나요?"

나는 대답하지 못했다. 상세하지만 친절한 편은 아닌 듯했다. 아니, 그 반대인 것도 같다.

나는 그 화물칸에서의 일들을 잘 기억하지 못한다. 무엇을 먹고 마시고 용변은 어떻게 봤는지, 추위는 어떻게 견뎠는지, 내 옆에서 죽어 가던 사람의 마지막 숨소리가 어땠는지, 죽은 이를 둘러싼 가족의 울음소리가 얼마나 비통했는지 기억나지 않는다. 하지만 어둠 속에서 들려오던 목소리들은 또렷이 기억한다. 그것은 과거의 행복했던 시간을 이야기하는 목소리였다. 그 목소리들은 어둡고 혹독한 화물칸 안을 희붐하게 밝히고, 완전히 가시지 않은 빛을 품은 봄날의 저녁처럼 온화하게 그 안을 떠돌았다.

선생은 예의 냉담한 목소리로 내게 수업 끝나고 남으라고 했다.

"오올리아쉐시비이이아오요킨"

언제 들어도 오싹했다. 나는 선생의 눈을 피해 고개를 숙였다.

"이야기에는 힘이 있죠. 자신의 이야기를 가진 사람은 살아 남는다고 나는 생각해요."

고개를 살짝 들어 선생을 바라봤다.

"나도 그런 이야기를 듣고 자랐죠. 멀리 있는 내 행성과 사람들의 이야기들을 늘 들었죠."

무슨 소리인지 의아해하는 내게 선생이 고개를 끄덕여 보였다.

"나도 이주민이에요. 정확히 말하면 내 할머니가 딸과 함께 이주해서 이곳에 정착했죠. 할머니는 이트라에 살고 있고 아직도 정정하시죠. 할머니는 언제나 떠나온 행성에 대해 얘기했죠. 너무 많이 들어서 한 번도 가 보지 않는 그곳에 내가 살았다는 착각마저 들어요. 그곳은 무척 친근하고 낯익은 장소처럼 느껴져요. 하지만 그런 곳은 아마 실재하지 않겠죠. 나는 늘 그곳과 이곳 사이, 어딘가의 우주에 있는 것 같아요."

나는 멍하니 듣고 있었다. 어두운 화물칸에서 들려오던 목소리가 떠올랐다. 추위와 굶주림과 악몽을 잠시나마 잊게 해 주던 부드럽고 나직한 목소리.

"중요한 건 그게 아니고."

선생은 할 말은 이제 끝이라는 듯, 고개를 숙여 내 작문을 들여다보며 서술어와 조사 몇 개를 고치고 돌려주었다.

"오올리아쉐시비이이아오요킨. 맞춤법은 여전히 엉망이군요."

나는 풍뎅이처럼 몸을 잔뜩 움츠렸다.

"하지만 좋은 이야기였어요."

잘못 본 게 아니라면 선생은 미소 지었다. 아주 짧은 순간이지만, 분명 미소였다.

"요킨도 아이에게 이야기를 해 줬나요?"

나는 고개를 끄덕였다.

선생은 내 눈을 가만히 들여다본 뒤 나가보라고 했다.

교실에서 나오자 아이샤가 내 등을 툭 쳤다. 아이샤의 행성에서 등을 툭 치는 건 좋아한다는 의미인지도 모르겠다. 부담스럽다. 아이샤가 과자 먹겠느냐고 물었고 나는 좋다고 답했다.

우리가 과자를 먹으며 복도를 걷는 동안 사방에서 다양한 행성어가 들려왔다. 저 먼 우주 어딘가에서 건너온 언어들이 별처럼 희미하게 빛났다.

안녕,
판다

잠에서 깨어난 사육사는 뭔가 이상하다고 느꼈다. 뭘까. 완전히 정신이 들지 않아서일지도 모른다. 꽤 오래 잠들어 있었다. 70년 정도였다.

70년 동안 잠들었다 깨면 어떨지 예상하기 어려웠다. 건강하고 양호한 상태로 기상하리라고 했지만 그건 예측일 뿐이었다. 예측은 빗나갈 수 있음을 사육사는 잘 알고 있었다. 동물의 세계에선 빈번한 일이었다.

"정신이 들어요?"

말소리에 사육사는 깜짝 놀랐다. 누군가 자신을 내려다보고 있었다.

"레아, 7구역 사육사, 맞아요?"

레아는 얼떨결에 고개를 끄덕였다.

그러고 보니 낯익었다. 가슴에 '문호'라고 적힌 이름표가 달려 있었다. 기억났다. 부선장이자 수석 조종사. 우주선 탑승 전에 적응 훈련을 함께 받았다.

"한번 확인해 봤어요. 잘 잤어요?"

부선장이 부드러운 목소리로 물었다.

"도착했나요?"

"거의 다 왔어요."

부선장이 미소 지었다. 미소라기보다는 좁은 길에서 피해 가려다 도리어 부딪쳤을 때 짓는 표정 같았다.

레아는 방금 들은 말의 의미를 깨달았다. 있어서는 안 되는 일이 생겼다. 그가 탑승한 우주선은 70년 후에 목적지에 도착할 예정이었다. '거의 다 왔다'는 예정에 없던 말이다. 도중에 잠에서 깬 것이다.

레아는 눈을 돌려 창문을 찾았다. 어둑한 수면실에 창이라 곤 없었다. 레아는 수면 캡슐에 누운 채 사태를 파악하려 애썼다. 하지만 머릿속이 멍하기만 했다.

움직일 수 있겠느냐고 부선장이 물었다. 캡슐에서 나와 걸음을 내딛는 순간 레아는 현기증을 느끼며 휘청했다. 다행히 부선장이 부축했다.

"어떻게 된 거죠?"

레아가 물었다.

"이제 곧 알게 될 거예요."

부선장이 굳은 얼굴로 대답했다.

조종실에 사람들이 몇 명 모여 있었다. 반가운 얼굴이 레아를 향해 손을 흔들어 보였다. 6구역 출신 사육사 이르사였다. 그 옆에 푸근한 인상으로 웃고 있는 이는 3구역 사육사 싱이었다. 레아는 그들을 봐서 기뻤지만 기뻐할 상황인지 애매했다. 두 사람 역시 자다 막 깼는지 얼떨떨한 표정이었다.

"선장 미금입니다."

선장이 사육사들을 향해 가볍게 고개를 숙여 인사했다. 깔끔하게 빗어 넘긴 하얀 머리와 침착하면서도 강렬한 눈빛. 레아는 황량한 들판을 떠도는 야생 동물을 떠올렸다. 늑대, 선장은 무리를 이끄는 대장 늑대처럼 보였다.

"이쪽은 부선장 문호, 그리고 엔지니어 리우입니다. 소개했지만 60년 전이라 혹 잊으셨을 수도 있으니까요."

"60년 전이라고? 그럼 아직 10년이나 남았는데?"

이르사가 어리둥절한 표정으로 중얼거렸다.

"혹 불편한 데는 없나요? 간혹 수면 중단 후 두통이나 현기증을 느끼는 분도 계시더군요."

선장은 이르사의 말을 못 들은 척하고 사육사들의 안색을 살폈다.

"도대체 무슨 일입니까?"

싱이 참지 못하고 물었다. 늘 침착한 싱답지 않았다. 레아도 궁금해 견딜 수 없었다.

"예상치 못한 일이 일어났습니다. 아니, 정정하겠습니다. 얼마든지 일어날 수 있지만 일어나지 않았으면 하는 일이 발생했습니다. 하지만 해결할 수 있으리라 생각합니다. 민들레 와인은 무사히 비행을 마칠 겁니다. 여러분이 도와주신다면요."

'민들레 와인'호. 레아는 우주선의 이름을 듣고 이 이상한 이름은 도대체 누가 지었을까 궁금했다. 레이 브래드버리라는 작가의 소설 『민들레 와인』에서 따온 이름이라고 했다. 하지만 사람들은 대개 그 이름보다는 '노아의 방주'라고 불렀다. 동물을 한 쌍씩 태운 노아의 배처럼 민들레 와인호의 탑승객 대부분이 동물이었던 까닭이다. 코끼리부터 앵무새까지 한 쌍씩, 360종 총 730개체였다. 포유류가 대부분이며 파충류와 조류가 약간 포함됐다. 양서류와 어류는 이번 비행에서 제외됐다. 곤충으로는 유일하게 꿀벌 10마리가 여러 우려에도 불구하고 탑승객 목록에 올랐다. 헤카테에서 강력히 원했기 때문이다. 민들레 와인호의 최종 목적지는 헤카테였다.

동물들을 헤카테로 이주시키는 계획은 오래전부터 준비됐다. 비밀리에 진행됐던 계획이 처음 발표되자 반응은 열렬했다. 예산 낭비라는 비난과 동물의 안전에 대한 우려, 동물을 가두어 전시하는 동물원에 대한 비판의 소리가 높았지만 피할 수 없는 결정이었다. 지구의 기후 변화로 수많은 동물이 멸종됐다. 자연 서식하는 동물은 일부 곤충과 설치류를 제외하면 극히 드물었다. 바다 생물과 어류가 가장 타격이 컸다. 수온이 가파르게 상승했기 때문이다. 그런 상황에서 헤카테는 유일한 희망이었다.

헤카테는 기후 변화 전의 지구와 환경이 가장 흡사한 행성이었다. 깨끗한 비가 내려 물이 풍부하고 풀과 나무가 자라며 계절의 변화에 따라 꽃이 피고 열매가 익는 곳. 오염되지 않은 바다와 비옥한 땅과 맑은 하늘이 있었다. 이주 계획은 지구 동물의 멸종을 막기 위한 최후의 방법이었다.

하지만 민들레 와인호에 탑승한 동물들이 헤카테에 적응한다고 장담할 수는 없었다. 동물의 생명력은 강인한 한편, 때로는 너무도 연약했다. 급격히 변한 기후와 환경에 속수무책이었다. 무수한 동물들이 속절없이 죽음을 맞았다. 그래서 레아는 우주선 탑승에 지원했다. 새로운 터전 헤카테에서 동물들이 안전하게 잘 살 수 있도록 돕는 게 사육사인 레아의 임무였다.

"이틀 전 문제가 발생했어요. 민들레 와인호가 운석과 충돌했습니다."

선장의 말에 이르사가 오, 맙소사, 내 이럴 줄 알았어, 하고 외쳤다. 싱은 무너지듯 주저앉았다.

선장은 서둘러 말을 이었다.

"즉시 조처를 했고 다행히 비행에는 문제 없이 복구되었습니다."

싱이 꿇어앉은 채 두 손을 맞잡고 뭔가 중얼거리며 바닥에 이마를 조아렸다. 이르사는 재빨리 가슴에 십자가를 그렸다. 그들의 신은 이 우주에도 있었다. 레아도 습관적으로 주머니에 손을 넣으려 했지만 옷에 주머니는 없었다. 지금 레아가 간절히 찾는 것은 화물칸에 보관된 가방 안에 있었다. 늘 주머니 속에 넣어 다니던 레아의 작은 신.

레아는 창밖을 바라봤다. 우주를 날고 있었다. 도무지 실감 나지 않았다. 방금 들은 선장의 말도 마찬가지였다. 꿈을 꾸고 있는 게 아닐까. 헤카테행이 결정된 뒤로 레아는 밤마다 꿈을 꿨다. 대부분 우주를 비행하는 꿈이었다. 우주복을 입고 검은 바다를 유영하기도 했다. 바닷속 산호처럼 신비롭게 빛을 뿜어내는 별들을 향해 헤엄쳤다. 별들이 명멸하다 갑자기 폭발하는 꿈을 꾼 날은 비명과 함께 잠에서 깨어났다. 그러고 나면 다시 잠들기 어려웠다. 어둠 속에서 뒤척이다 레아는 익숙한 작은 것을 손에 가만히 쥐었다. 그러면 차츰 불안이 가시고 창밖은 푸르스름하게 밝아 왔다.

"그런데 왜 우릴 깨운 거죠?"

문득 머리 조아리기를 멈춘 싱이 고개를 들어 물었다.

"비행에 문제없다면서 왜……."

"맙소사! 우리 애들에게 문제가 생겼군요!"

이르사가 흥분해서 외쳤다.

"아니에요. 동물들은 모두 무사합니다."

선장이 사육사들을 진정시켰다. 그러고는 말했다.

"아직까지는요."

운석은 민들레 와인호에 이런저런 상흔을 남겼다. 부딪힐 때 충격으로 자율 비행 시스템에 문제가 생기자 메인 컴퓨터는 즉시 선장과 부선장을 깨웠다. 자율 비행 시스템은 다행히 원상 복구됐지만 회복되지 않은 것들도 있었다. 구명정 한 대를 잃었고 남은 구명정 한 대마저 자율 비행 시스템이 아직 복구되지 못했다. 무엇보다 치명적인 건 연료 탱크의 손상이었다. 서둘러 수리했지만 연료가 상당히 유실된 뒤였다. 우주선은 주유를 위해 비행 중 두 차례 우주 정거장에 들렀다. 마지막 주유는 10년 전으로, 헤카테까지 갈 연료를 넉넉히 채웠다. 그런데 예기치 못한 사고로 항해에 차질이 생긴 것이다.

선장은 침착한 목소리로 사육사들에게 설명했다.

"궤도를 수정해서 주유 가능한 정거장으로 간다면 앞으로 5년쯤 걸립니다. 도착 예정 시간보다 10년쯤 늦어집니다. 연료는 충분히 보충할 수 있지만 다른 문제가 생기죠. 수면 캡슐은 70년을 예정하고 만들어졌기 때문에 10년이 추가되면 어떻게 될지 알 수 없습니다. 아마 정상적인 작동이 힘들 겁니다. 그래서 주유를 위해 우회하기보다는 최대한 빨리 헤카테에 도착하는 편이 낫다는 결론을 내렸습니다."

"가능한가요?"

싱이 선장에게 물었다.

"가능하면 우릴 깨웠을 리 없지, 젠장."

이르사가 거칠게 말했다.

"도대체 우리가 해야 할 일이 뭡니까? 어디 가서 연료라도 얻어 오란 거요?"

"남은 연료와 비행 거리를 계산한 결과, 가까스로 도착할 수 있는 방법을 찾아냈습니다."

"젠장, 뜸 들이지 말고 빨리 방법이나 말해요."

이르사가 재촉했다.

"우주선의 무게를 줄이는 거죠. 그래서 우리는 최대한 버릴 수 있는 것들을 다 버렸습니다. 우선 화물을 선별해 버렸고, 기체 내외부 구조물도 꼭 필요한 것만 빼고 제거했습니다. 덕분에 우주에 쓰레기가 늘었지만요. 그래도 거대한 쓰레기가 발생하는 것보단 낫겠죠."

거대한 쓰레기. 연료가 고갈된 민들레 와인호가 유령처럼 우주를 떠도는 장면을 상상하자 레아는 자기도 모르게 몸서리쳐졌다.

"하지만 조금 더 덜어 내야 할 필요가 있습니다. 그래서 사육사님들을 깨우게 된 겁니다. 민들레 와인호의 운명은 여러분의 손에 달려 있습니다."

선장이 사육사들을 차례로 바라봤다.

"뭐요, 우리를 내다 버리기라도 하겠단 말이요?"

이르사가 으르렁댔다.

선장은 고개를 저었다.

"그럴 셈이었다면 수면 상태를 이용했겠죠. 수면 중이라면 고통 없이 갈 수 있을 겁니다."

선장이 무시무시한 소리를 눈 하나 깜짝하지 않고 말했다. 혹시 농담일까. 레아는 선장의 의중을 알 수 없었다.

"그게 무슨 소리입니까?"

싱이 낮은 목소리로 물었다. 늘 웃는 얼굴에 파도처럼 자연스럽게 자리 잡은 주름살이 지금은 계곡처럼 깊고 어두웠다.

"계산 결과 거대한 수면 캡슐 몇 개를 제거하면 문제가 해결됩니다."

"거대한 수면 캡슐이라면……."

싱이 믿기지 않는 표정으로 선장을 바라봤다.

"우리 애들을?"

선장이 고개를 끄덕였다. 그와 동시에 이르사가 선장에게 달려들었다. 놀란 부선장과 엔지니어가 이르사를 붙들어 막았다. 이르사가 팔을 결박당한 모양새로 버둥거리며 악을 썼다.

"당신이 그러고도 선장이야? 우리 애들을 저 우주에 버리겠다고? 당신 눈에는 애들이 짐짝처럼 보여? 선장이 뭐 하는 사람이야? 동물들을 헤카테까지 데려가는 게 당신 임무 아니야?"

"안타깝지만 다른 방법이 없습니다."

여전히 팔을 붙들린 채로 씩씩대는 이르사와 넋 나간 얼굴의 싱, 주먹을 꼭 쥐고 있는 레아를 선장은 차례로 바라봤다.

"우리는 헤카테에 무사히 도착해야 합니다. 반드시 그렇게 할 겁니다. 그게 제 임무니까요."

선장의 목소리는 단호했다.

"애들을 보호하는 게 우리 사육사들의 임무입니다. 나 살자고 애들을 희생시킬 수는 없어요."

싱이 말하고 이르사와 레아를 바라봤다.

싱의 짙은 눈동자는 마치 광활한 우주처럼 막막해 보였다. 사육사로서 오랜 경험과 탁월한 실력을 갖춘 싱은 자만하지 않고 겸손했다. 늘 다른 사람의 말에 조용히 귀 기울였지만 동물에 관해서만은 한 치의 양보도 없었다. 싱은 자신의 일과 동물을 사랑했다. 레아는 그런 싱에게 신뢰를 느꼈다. 이르사도 마찬가지였다. 이르사와 레아가 싱을 향해 고개를 끄덕였다.

"우리가 나가지요. 그럼 수면 캡슐 세 개를 버릴 수 있으니까요."

싱의 말에 선장은 고개를 저었다.

"아니, 그 정도로는 안 됩니다. 적어도 10톤은 줄여야 합니다. 그리고 말씀하신 대로 여러분은 사육사의 임무를 다해야만 합니다. 여러분에게는 헤카테에 도착한 동물들이 건강하게 살아갈 수 있도록 보살펴야 하는 중요한 임무가 있습니다. 힘들겠지만 냉정하게 판단해야 합니다. 귀중한 생명이 여러분의 결정에 달려 있습니다. 둘 중 하나입니다. 모두 죽거나 거의 모두 살아남거나."

사육사들의 얼굴이 고통스러운 빛으로 가득 찼다. 동물들은 사육사들에게 자식과 마찬가지였다. 먹이고 씻기고 애정과 관심을 주어 보살펴야 할 존재. 수고롭지만 보람 있는 일이었다. 종종 노력의 대가를 돌려받기도 했다. 동물들이 눈빛과 몸짓으로 보여 주는 신뢰와 애정에 사육사들은 표현할 수 없는 기쁨을 느꼈다. 마치 아이가 처음 엄마, 하고 말했을 때나 뒤뚱뒤뚱 걸어와 품에 쏙 안겼을 때처럼. 그런데 어느 부모가 자식을 제 손으로 버린단 말인가.

"우선 코끼리부터 시작하죠. 가장 큰 수면 캡슐이니까요."

선장이 차가운 목소리로 말했다.

사육사들은 서로의 눈을 피한 채 묵묵히 검은 창밖을 내다봤다. 레아는 이 상황이 도무지 믿기지 않았다. 민들레 와인호에 탑승한 코끼리는 '타이탄'과 '유로파'라는 이름의 아시아 코끼리 한 쌍이다. 타이탄이 약 4톤, 유로파가 3톤에 가깝다. 합하면 7톤이다. 레아는 계산하고 있는 자신이 끔찍했다.

"내 할아버지는 코끼리 사육사였죠."

침묵을 깨고 싱이 입을 열었다.

"할아버지는 어린 손자를 귀여워해서 코끼리를 보여 주러 초원으로 데려가곤 했어요. 부모님은 위험하다고 말렸지만 그건 모르고 하는 소리였어요. 코끼리가 얼마나 다정한지 나는 알고 있었거든요. 할아버지를 따라가려고 누가 깨우지 않아도 새벽에 일어났어요. 하늘과 초원이 온통 붉게 물들며 동이 틀

때 땅이 희미하게 진동했어요. 그러면 내 심장도 울리기 시작했죠. 아침 해를 등지고 코끼리 떼가 부연 흙먼지를 일으키며 달려왔어요. 진짜 장관이었죠. 마치 나를 향해 달려오는 것 같았어요. 먹이 때문인 줄 알았지만요. 할아버지와 다른 사육사들은 새벽마다 수레 가득 먹이를 싣고 갔어요. 초원엔 코끼리들이 먹을 게 거의 없었거든요. 원래 풀과 나무로 뒤덮여 있었다는 말을 믿을 수 없었죠. 내가 본 초원은 늘 황톳빛이었으니까요. 할아버지는 다 인간의 잘못이라고 했어요. 초원의 주인은 코끼리들이라고 했죠. 오랫동안 초원에 자리 잡고 살아온 코끼리들은 그곳에서 더는 살기 힘들어도 달리 떠날 곳이 없었어요. 사육사들이 물과 먹이를 주긴 했지만 충분치는 않았어요. 코끼리들은 겨우 목숨을 이어 갔죠. 다치고 병든 코끼리를 구조하는 일도 할아버지의 중요한 임무였어요."

싱은 잠시 말을 멈추고 사람들을 바라봤다. 모두 조용히 귀기울이고 있었다.

"하루는 할아버지를 따라 스와니와 덤보를 찾아다녔어요. 스와니는 참 순하고 눈이 예뻤어요. 할아버지는 코끼리는 다 예쁘다고 했지만 스와니를 특히 예뻐했어요. 옆에서 보면 알수 있었죠. 스와니를 바라보는 할아버지의 눈에는 사랑이 가득했어요. 스와니도 할아버지를 따랐고요. 코로 할아버지 모자를 빼앗는 장난을 치곤 했어요. 덤보는 스와니가 낳은 지 한달 된 새끼였는데 나는 처음 본 순간 반해 버렸죠. 덤보라는 이름도 내가 지어 줬어요. 나는 오로지 덤보 생각뿐이었어요. 그렇게 사랑스러운 존재는 세상에 또 없었어요. 덤보는 늘 엄마 곁에 붙어 다니며 재롱을 피웠죠. 엄마를 닮아 무척 장난꾸러기였어요. 먹으라고 둔 건초 위를 뒹굴며 다 헤쳐 놓았죠. 엄마는 장난치면 안 된다고 야단쳤지만 이모와 할머니 코끼리들은 귀여워서 봐주는 것 같았어요. 진짜 귀여웠거든요."

잠시 말을 멈춘 싱의 얼굴에 주름살이 부드럽게 번졌다. 덤보를 떠올리고 짓는 미소였다.

"그런데 스와니가 며칠 밥을 먹으러 오지 않았어요. 우리는 스와니와 덤보가 무사하길 바라며 찾아다녔어요. 그러다 발견했죠. 말라 버린 강가에 스와니가 있었어요. 덤보는 스와니의 발밑에 누워 있었고요. 스와니는 코로 흙탕물을 빨아올려 덤보의 몸에 뿌렸어요. 코로 간질이고 어루만지고 쓰다듬고 다시 물을 뿌리길 반복했죠. 덤보는 꼼짝도 안 했지만 스와니는 멈추지 않았어요. 나는 덤보가 아주 깊이 잠들었다고 생각했죠. 죽었다는 걸 알았지만 받아들일 수 없었어요. 마치 스와니처럼요. 할아버지는 내게 말했어요. 스와니에게는 시간이 필요하다고. 그건 나도 마찬가지였어요. 할아버지는 내 얼굴을 쓰다듬었죠. 나는 울고 있었어요."

훌쩍거리는 소리가 났다. 이르사였다. 이르사는 주먹으로 코를 닦았다. 레아는 황급히 눈을 깜빡거렸지만 늦었다. 눈물이 주르르 뺨을 타고 흘렀다.

"코끼리는 죽음을 애도하죠. 죽은 가족이나 친구를 위해 애도의 춤을 춰요. 그리고 시간이 지나면 뼛조각을 무덤으로 옮겨요. 믿지 못하겠다고요? 그럼 이 이야기는 어떤가요? 내 할아버지는 돌아가시기 직전까지 초원에 나갔어요. 기력이 부쳐 일은 그만뒀지만 변함없이 코끼리를 보러 갔죠. 그즈음 코끼리 수는 심각할 정도로 줄어들었어요. 나는 아버지를 도와 시내에서 일하느라 할아버지를 자주 만나지 못했어요. 할아버지는 여느 날과 마찬가지로 초원에서 돌아와 간소하게 저녁을 먹고 기도를 올린 뒤 잠자리에 들었다가 그대로 돌아가셨어요. 작별 인사를 할 틈도 없었죠. 사흘 동안의 추모가 끝난 뒤 마을 사람들은 초원으로 향했어요. 맨 앞에서 아버지와 삼촌들, 그리고 내가 할아버지를 모신 관을 들었죠. 땅을 파고 관을 묻으려는 순간 희미하게 진동이 느껴졌어요. 저만치 흙먼지를 일으키며 코끼리들이 달려왔어요. 코끼리들은 멀찍이 멈춰 섰어요. 그러다 한 마리가 무리에서 빠져나와 다가왔죠. 코끼리는 조금도 망설이지 않고 성큼성큼 걸어와 관 앞에 멈췄어요. 그러고는 코로 관을 천천히 쓰다듬었어요. 모두 놀라서 멍하니 바라보고만 있었죠. 그 순간 나는 알아봤어요. 스와니였어요. 늙고, 야위고, 아름답던 눈은 탁해졌지만 스와니가 분명했어요. 한참 관을 쓰다듬고 나서 스와니는 무리로 돌아갔어요. 그리고 코끼리들은 둥글게 원을 지어 돌다가 일제히 하늘을 향해 고개를 젖혀 길고 구슬프게 울었어요. 관이 완전히 흙으로 덮이고 나서야 코끼리들은 떠났어요. 할아버지는 늘 말했죠. 코끼리는 신(神)이 모습을 바꿔 나타난 존재라고. 나도 그렇게 믿어요."

싱이 말을 마쳤다. 침묵 속에 이르사가 훌쩍이는 소리만 났다.

잠시 뒤 선장이 목을 가다듬더니 입을 열었다.

"코끼리 다음으로 큰 수면 캡슐은……."

"나는 문제아였어요."

선장의 말이 끝나기도 전에 이르사가 코맹맹이 소리로 말했다.

"이런저런 말썽을 많이 일으켰죠. 하루는 같은 반 애와 한판 붙어서 피범벅을 만들었어요. 크게 다친 건 아닌데 코피가 나는 바람에……. 아, 물론 변명의 여지가 없죠. 내 잘못이 확실해요. 그 일로 사흘 정학을 당하고 교장 선생님이 명한 봉사 활동을 하게 됐어요. 말이 봉사 활동이지 실은 벌이었죠. 벌은 끔찍했어요. 동물원 청소였거든요. 학교 근처에 동물원이 있었어요. 규모가 그리 크지는 않고 양과 염소, 사슴, 토끼 같은 동물이 대부분이었어요. 강아지와 고양이도 있었고요. 원숭이가 제일 인기였죠. 주로 어린아이들이 현장 학습을 왔어요. 수업이 끝나면 난 매일 동물원으로 갔어요. 푸른색 작업복으로 갈아입으면 꼭 죄수가 된 기분이었죠. 사실 죄를 짓기도 했으니까요, 뭐. 삽과 양동이를 들고 사육사를 따라 방사장과 우리를 돌며 배설물을 모았어요. 동글동글한 똥, 길쭉한 똥, 냄새가 고약한 똥, 김이 모락모락 나는 똥, 바닥에 달라붙은 똥. 각종 똥으로 양동이 대여섯 통을 가득 채우고 나면 봉사 활동 카드에 사인을 받고 풀려날 수 있었죠. 뒤도 안 돌아보고 내뺐어요."

이르사가 자유분방하게 사방으로 뻗은 오렌지색 머리를 흔들었다. 오리엔테이션에서 처음 만났을 때, 이르사는 자신의 머리를 가리키며 동물들에게 대인기라고 말하고는 씩 웃었다. 이르사는 좀 다혈질이긴 하지만 동물에게는 한없이 다정했다.

"사실 동물원의 간판스타는 하마였어요. 그런데 전혀 주목받지 못했죠. 염소보다도 인기가 없었어요. 왜냐하면 볼 수가 없었거든요. 하마의 이름은 루루였어요. 루루는 웅덩이가 있는 방사장에 살았는데 웬일인지 실내에만 머무르고 바깥에 잘 나오지 않았어요. 밖으로 나와도 통 움직이지 않아서 장식용 바위와 구분할 수 없었어요. 한눈에도 건강 상태가 별로 좋아 보이지 않았죠. 몸은 더럽고 주위에 파리가 들끓어도 쫓아낼 생각조차 없이 잠만 잤죠. 어디가 딱히 아픈 건 아닌데 나이가 꽤 많다고 들었어요. 적어도 마흔 살은 넘었을 거라고 했죠. 하마의 평균 수명이 4, 50년 정도니 오래 산 셈이에요. 루루는 이곳저곳 많이 옮겨 다녔대요. 굉장히 난폭해서 다른 하마들과 잘 지내지 못한 탓이었어요. 5년 전쯤 처음 왔을 땐 사나워서 사육사들이 근처에도 못 갔는데 갑자기 얌전해졌대요. 그래도 원래 공격성이 있는 동물이라 언제 돌변할지 모르니 절대 가까이 가지 말라는 신신당부가 있었죠. 내가 유일하게 들어갈 수 없는 곳이 루루의 사육장이었어요. 그래서 나는 루루가 좋았어요. 루루의 똥은 치울 필요가 없었으니까요."

이르사가 오렌지색 머리를 손으로 넘기고는 씩 웃었다.

"봉사 활동은 한 달로 끝났어요. 벌이 효과가 있었는지 그 뒤로는 말썽도 일으키지 않고 친구를 때리지도 않았어요. 그런데도 계속 동물원에 가서 청소를 했어요. 왜 그랬는지는 모르겠어요. 의외의 재능을 발견하긴 했어요. 알고 보니 내가 청소를 끝내주게 잘했죠. 동물원에서는 나를 아르바이트 직원으로 뽑았어요. 돈도 벌 수 있으니 일거양득이었죠. 청소를 마치면 동물원을 한 바퀴 돌았어요. 풀을 뜯는 염소를 지켜보다 고양이와 놀고 마지막으로 하마 사육장으로 갔죠. 루루는 안 보일 때가 더 많았지만 간혹 나와 있기도 했어요. 여전히 잠만 잤고 나는 그 모습을 한참 바라봤어요. 너무 꼼짝도 하지 않아 죽은 게 아닌가 싶을 때면 휘파람을 불어 봤죠. 아무 반응도 없었어요. 루루는 지독히 우울해 보였어요. 외로워 보이기도 했고요. 싸움꾼이었던 루루는 친구는커녕 겨룰 상대조차 없었어요. 동물원 닫는 시간이 되어 사육장을 떠날 때 뒤돌아보면 루루는 미동도 없이 그 자리에 있었어요."

이르사가 말을 멈추고 잠시 허공을 봤다. 마치 움직이지 않는 루루를 바라보는 듯한 눈빛이었다.

"그게 끝인가요?"

갑자기 부선장 문호가 물었다. 이르사가 문호를 보고 싱긋 웃더니 아직이에요, 하고 답했다.

"하루는 마트에서 음료수를 사다가 할인하는 비눗방울 놀이 세트를 발견하고 집어 들었어요. 그날도 청소가 끝난 뒤 루루의 사육장 앞으로 갔죠. 루루가 밖에 나와 있었어요. 물론 꼼짝도 하지 않았죠. 나는 루루를 향해 비눗방울을 불었어요. 루루는 관심이 없었어요. 그러다 비눗방울 하나가 루루의 코에 살짝 앉았어요. 그러자 루루가 움찔했죠. 서서히 고개를 들고 무슨 일인지 살피더라고요. 나는 비눗방울을 계속 불었어요. 마침 부드러운 바람이 불어와 비눗방울들이 하늘하늘 날아 루루의 몸에 닿았어요. 루루는 비눗방울을 따라 고개를 이리저리 돌렸어요. 그러다 비눗방울을 불고 있는 나를 가만히 바라봤죠. 루루와 내가 마주 보기는 그때가 처음이었어요. 그날부터 거의 매일 루루에게 비눗방울을 불어 줬어요. 루루는 내가 비눗방울을 불기 시작하면 일어나 구경했죠. 그러던 어느 날 루루가 느릿느릿 내게 한 걸음 한 걸음 다가왔어요. 손을 뻗으면 닿을 수 있을 만큼 가까이. 가슴이 터질 것 같았죠."

레아는 자신도 모르게 침을 꿀꺽 삼켰다.

"루루가 내쉬는 숨소리까지 똑똑히 들렸어요. 우리는 아주 가까이서 서로의 눈을 들여다봤어요. 우주처럼 깊고 별처럼 빛나는 눈이었죠. 한참 뒤에 루루가 몸을 돌려 물웅덩이로 들어갔어요. 코만 내놓고 잠수한 루루가 갑자기 물을 분수처럼 내뿜었어요. 시원하게 솟아오른 물줄기가 공중에서 하얗게 부서졌죠. 그때 햇빛이 물방울에 닿아 작은 무지개가 생겼어요.

그 사이로 비눗방울이 무지갯빛으로 반짝이며 날아다녔어요. 천천히, 아주 천천히. 사방에 무지개가 생겼죠. 그 순간 루루가 웃었어요. 분명 웃고 있었죠. 난 알 수 있었어요. 그 뒤로 우리는 비눗방울 놀이를 함께했죠. 루루는 싫증 내지 않았어요. 사육장 가까이 가면 루루가 나를 향해 쿵쿵 뛰어오며 웃었어요. 그 작은 눈으로 웃으면 아, 정말 말도 못하게 사랑스러웠어요. 하루도 빠짐없이 동물원에 갔어요. 2년 뒤 루루가 세상을 떠날 때까지요. 그리고 나는 사육사가 되었죠. 아마 루루 덕분이었을 거예요. 지금 저 수면실에 있는 두 마리 하마 중 하나는 내가 사육사가 돼서 처음으로 돌본 하마가 낳은 새끼예요. 내 손으로 새끼를 받아 젖병을 물려 키웠죠. 이름도 내가 지어 줬어요. 루루라고."

이르사가 말을 마쳤다. 싱이 이르사의 등을 가만히 토닥였다. 한때 싸움꾼이었던 외로운 아이의 눈에 살짝 눈물이 맺혔다.

선장이 가볍게 헛기침을 했다.

"다음은 북극곰입니다."

"인간이 북극곰에게 어떤 짓을 했는지 잊지 않으셨겠죠?"

이르사가 즉시 반박했다.

"게다가 지구에 남은 유일한 북극곰이에요."

싱이 단호하게 맞섰고 선장은 혀를 찼다.

"그럼 사자는 어떻습니까?"

"동물의 왕을 버리겠다고요?"

"헤카테 어린이들이 얼마나 사자를 기다리고 있을지 생각해 봐요."

한 치의 양보도 없었다. 그렇게 기린과 코뿔소, 재규어, 반달 곰 등이 차례로 제외되었다.

선장은 고개를 절레절레 저었다.

"다음은 판다. 물론 반대하시겠죠?"

"사랑스럽잖아요!"

싱과 이르사가 동시에 외쳤다.

"사랑스럽지 않은 동물이 있었던가요?"

선장은 어금니를 지그시 깨물었다.

"나는 어렸을 때 말을 더듬었어요."

레아가 작은 목소리로 말했다. 모두의 시선이 모이자 레아의 얼굴이 붉어졌다. 레아는 왜 이런 이야기를 꺼내는지 자신도 알 수 없었다. 단 한 번도, 누구에게도 하지 않았던 이야기였다.

"말이 늦은 편이었어요. 드디어 말을 시작하나 싶었는데 심하게 더듬었죠. 그래서 유치원에서 놀림을 많이 받았어요. 종일 입을 열지 않고 혼자 구석에서 놀았죠. 학교에 들어가서는 더 심하게 놀림 받았고요. 언어 치료를 받으면서 좀 나아졌지만 발표하거나 친구들이 말을 걸면 어김없이 더듬었죠. 그러다 보니 자신감도 없고 소심한 성격이 됐어요. 가능한 한 눈에 띄지 않으려고 숨도 크게 쉬지 않았어요. 그래도 늘 왕따 비슷한 처지였죠. 휴대폰이 유일한 친구였어요. 그러다 어느 날 유튜브에서 판다를 본 거예요. 보자마자 완전히 반해 버렸어요. 네, 사랑스러우니까요. 눈가의 거무스름한 점이라든가, 둥그런 얼굴과 배, 앙증맞은 귀, 애교 띤 입. 하나하나 다 사랑스러웠어요. 판다 사진과 동영상을 자기 전까지 끊임없이 봤어요. 다른 애들이 아이돌에게 그러듯 나는 판다에게 푹 빠졌죠. 용돈을 모아 판다 사진과 인형, 쿠션까지 샀죠. 하지만 부모님이 싫어하셔서 숨겨 놓아야만 했어요. 한번은 숨겨 둔 판다 사진과 굿즈를 부모님이 발견하고 모두 내다 버렸어요. 몹시 분하고 슬펐죠. 애들이 놀렸을 때보다 더요."

그때 유일하게 남은 게 손가락만 한 판다 인형이 달린 열쇠고리였다. 레아는 더 이상 판다 사진과 굿즈를 모으지 않고 열쇠고리만을 소중히 간직했다. 놀림 받아 우울하거나 외롭고 슬픈 생각이 들면 주머니 속 판다 인형을 만지작거렸다. 털이 닳고 손때 묻은 인형은 레아와 늘 함께였으나 수면 캡슐까지는 동반이 허락되지 않았다. 열쇠고리는 레아의 가방 속에 담겨 화물칸에 있다. 레아는 판다 인형을 만지고 쓰다듬고 싶어 견딜 수 없었다.

"판다를 직접 보고 싶다는 생각이 들었고 그 마음이 날이 갈수록 강렬해졌어요. 아시다시피 판다는 7구역에서 관리하고 있었죠. 내가 살던 19구역에서 7구역까지는 상당한 거리였어요. 항공권 요금을 모으기 시작했지만 용돈은 얼마 되지 않았고 중학생이 일자리를 구하기는 힘들었죠. 그래서 일단 빌리기로 했어요."

"누구에게요?"

이르사가 물었다.

"엄마한테요. 하지만 빌려달란 말은 하지 않았어요. 여름 방학에 학교에서 2박 3일 캠프를 간다고만 했죠. 그리고 엄마 지갑에서 카드를 꺼내서 집을 나왔어요."

이르사가 휘파람을 불었다.

"오호, 대담한데?"

"갚을 생각이었어요. 언제가 될지는 모르지만."

이르사가 레아에게 한쪽 눈을 찡긋하며 웃었다.

"공항에서 비행기표를 사려니 자리가 없었어요. 종일 기다리자 다행히 한 자리가 났는데 일등석이었죠. 어차피 빌리는 김에 조금 더 빌리기로 했어요. 7구역에 도착하니 새벽이었어요. 첫차를 기다려서 판다 보호 센터로 갔죠. 문 열기 전인데도 사람들이 길게 줄 서 있었어요. 한참을 기다린 끝에 서른 명씩 차례로 입장했어요. 판다에게 스트레스를 주지 않으려고요. 주어진 시간은 단 5분이었어요. 멀리서, 겨우 5분밖에 볼 수 없었지만 그 시간은 내 인생에서 가장 황홀하고 벅찬 순간이었어요."

레아의 얼굴에 미소가 떠올랐다.

"그리고 후련했어요. 뭔가 해낸 기분이었죠. 판다를 보기 위해 그 먼 곳을 혼자 가다니 지금 생각해도 어이없어요. 게다가 엄마 카드를 몰래 훔쳐서 말이에요. 나는 늘 말 잘 듣는 아이였어요. 부모님 마음에 들고 싶었거든요. 부모님은 날 탐탁지 않아 했죠. 말도 더듬고 성적도 시원찮아 자랑할 만한 딸은 아니었으니까요. 그래서인지 굉장히 엄했어요. 다정한 말과 칭찬은 드물었죠. 내가 7구역에 갔다 온 줄 알면 화내리라고는 예상했지만 그 이상이었어요. 벌로 외출 금지가 내려지고 용돈도 끊겼죠. 걱정했다는 말도, 괜찮냐는 물음도 없었어요. 조금은 걱정했는지도 몰라요. 상관없었어요. 더 이상 부모님 마음에 들려 애쓰고 싶지 않았으니까요. 나는 새로운 세계를 본 거예요. 내가 가고 싶은 세계. 그때 결심했어요. 멀리 떠나고 싶다고. 내가 택한 세계로 말이죠. 그곳에 판다가 있었고 나는 마침내 도착했어요."

"멋지다!"

이르사가 오렌지색 머리를 요란하게 흔들며 손뼉을 쳤다. 레아는 다시 얼굴이 빨개졌다.

"그런데 전혀 더듬지 않는데? 아니, 내 얘기는…… 말을 아주 잘한다는 뜻이에요."

이르사가 덧붙였다.

"판다는 재촉하지 않았거든요. 종일 판다들이 먹고 놀고 자는 모습을 보면 마음이 편안해졌어요. 특히 아기 판다에게 우유를 먹이고 트림을 시키려 안고 등을 두드릴 때면 우주를 껴 안고 있는 기분이 들었어요. 외롭고 고독하던 시간은 지나가 고 오직 순하고 다정한 세상이 내 품 안에 있었죠. 그러다 어 느 순간 알았어요. 내가 말을 더듬지 않는다는 걸."

싱과 이르사가 미소 지었다. 그럴 리 없지만 우주에서 고요 히 바람이 불어오는 것 같았다.

"어릴 때 난 학교가 끝나면 늘 표범을 보러 갔어요."

불쑥 말을 시작한 건 엔지니어 리우였다.

"집 근처에 농장이 있었어요. 닭부터 칠면조, 공작새, 뱀과 이구아나, 개와 말까지 키우는 좀 수상쩍은 곳이었어요. 심지 어 표범도 한 마리 있었어요. 듣기로는 땅 주인이 취미로 기른 다고 했는데 주인은 보이지 않고 늙은 남자 혼자 창고에서 지 내며 동물들을 돌봤어요. 남자는 매우 무서웠어요. 애들이 얼 씬거리면 욕을 하며 쫓아냈죠. 그래도 나는 매일 갔어요. 어쩌 다 남자가 기분이 좋은 날이면 표범을 보여 줬거든요. 그럴 땐 남자한테서 술 냄새가 났죠. 표범은 아주 예뻤어요. 밤하늘처 럼 까맣고 눈은 별처럼 노랗게 빛났죠. 무척 온순해서 꼭 커다 란 고양이 같았어요. 술에 취한 남자가 털을 뽑은 닭을 우리 안에 던져 주면 표범은 오드득 오드득 소리를 내며 먹었어요. 남자는 '잘 봐라. 우리 속에 들어갔다간 네 놈이 저 닭 꼴 나는 거야.'라고 말하곤 뭐가 좋은지 미친 듯이 웃었어요. 물론 나는 우리 속에 들어갈 생각이 전혀 없었죠. 어차피 들어갈 자리도 없었어요. 닭 한 마리를 금세 해치운 표범은 잠이 들었죠. 우리가 너무 좁아 잔뜩 웅크리고 잤어요."

리우는 몸집이 몹시 컸다. 레아는 리우의 크고 억센 손에 눈이 갔다. 선장이 지시하면 저 손으로 수면 캡슐 몇 개를 제거할지도 모른다.

"하루는 수업 중인데 어른들이 학교로 애들을 데리러 왔어요. 농장에서 표범이 탈출했다는 거예요. 우리 부모님은 다 직장에 다녀서 내 친구 엄마가 차로 집에 데려다줬어요. 위험하니 친구네 집으로 같이 가자고 했지만 나는 우리 집에 가겠다고 우겼죠. 아주머니는 창을 모두 닫고 절대 집 밖으로 나오지 말라고 신신당부하고 떠났어요. 차가 보이지 않자 나는 참치 통조림 하나를 주머니에 넣고 나섰죠. 한참을 돌아다녔어요. 길에는 사람 하나 없었죠. 그러다 경찰차가 서 있는 걸 봤어요. 햇빛에 반사되어 차창이 번쩍거렸어요. 아주 날씨가 좋은 날이었어요. 사방은 몹시 조용하고 이따금 바람이 불어 버드나무가 늘어뜨린 머리를 살살 흔들었어요. 그 순간 천둥소리가 났어요. 나는 소리가 난 쪽으로 정신없이 달렸죠. 하지만 경찰에게 잡혀서 집으로 돌아갔어요. 경찰차를 탄 건 처음이었는데 별로 신나지는 않았어요. 그날 인터넷으로 검색해 봤어요. 불법 사육장에서 키우던 표범이 사육사가 문 잠그는 걸 깜빡해서 탈출했다는 뉴스를 발견했죠. 탈출한 표범은 근처 냇가로 갔어요. 농장에서 500미터도 안되는 곳이었죠. 멀리서 찍은 사진 속 표범은 나무 그늘 아래에서 네 다리를 쭉 펴고 있었어요. 눈을 지그시 감고 불어오는 바람을 코로 느끼는 표정이었어요. 그게 표범의 처음이자 마지막 외출이었어요. 바로 사살당했죠."

레아는 표범이 더 이상 두렵고 아프지 않기를 바랐다. 다른 사람들도 조용히 표범을 애도했다.

"리우 당신까지 이 상황에 참으로 시의적절한 이야기를 하다니 놀랍군요."

선장은 비꼬는 말도 정색하고 건네는 재주가 있었다. 리우가 당황하며 얼굴이 굳었다.

"어쨌든 안타까운 일이었네요. 이번에는 당신이 표범을 살렸어요."

리우의 안색이 환해졌다. 이르사가 성큼성큼 걸어가 악수를 청했다. 좀 전의 몸싸움은 까맣게 잊은 모양이었다. 리우가 멋쩍은 얼굴로 손을 잡자 이르사는 리우를 덥석 껴안았다.

"이건 수건돌리기일 뿐이에요. 결정을 미룬다고 해결되진 않아요. 시간이 없습니다. 우리는 헤카테에 무사히 도착할 방법을 찾아야 해요. 그것만 생각하십시오."

아무도 선장의 말에 이의를 제기하지 못했다.

하지만 쉽지 않은 결정이었다. 누구를 구하기 위해 누구를 포기한단 말인가. 이 우주에 없어도 괜찮은 생명체가 과연 있을까?

"몽구가 내게 온 건 우연이었어요."

부선장 문호였다. 선장이 노려보았으나 문호는 멈추지 않았다.

"그날 나는 아빠와 함께 나무를 심고 있었어요. 아빠가 어디선가 벚나무를 한 그루 구해 왔거든요. 새로운 품종인데 고온에서 꽃을 피울 수 있다고 했어요. 아빠는 마당에 이것저것 심었는데 별로 신통치 않았어요. 이번에는 꼭 꽃이 피었으면 하고 열심히 땅을 파는데 저만치 구석에 이상한 게 보였죠. 처음엔 양말인 줄 알았어요. 딱 줄무늬 양말 같았거든요. 그런 데에 다람쥐가 쭉 뻗어 있을 줄 상상이나 했겠어요? 야생 다람쥐일리는 없었어요. 산과 멀리 떨어진 주택가였으니까요. 누가 키우다 버렸구나 싶었죠. 아빠가 다람쥐를 묻어 주려 삽으로 들어 올렸어요. 그런데 꿈틀 움직이는 거예요. 아빠가 살살 쓰다듬자 다람쥐는 간신히 눈을 뜨더니 이내 다시 눈을 감았어요. 그 순간 나는 다람쥐를 살려야겠다고 결심했어요. 까만 눈동자를 봐 버렸거든요."

싱이 온화한 얼굴로 문호에게 고개를 끄덕여 보였다.

"처음 천체망원경을 들여다봤을 때와 비슷한 기분이었어요. 놀랍고 설레고 흥분했죠. 자세히 살펴보니 딱히 다친 데는 보이지 않았어요. 먹지 못했는지 뼈만 앙상했죠. 입에 물을 흘려 넣었지만 넘기지 못하더군요. 아빠와 난 다람쥐에 대해 아무것도 몰랐고 인터넷에 의지할 수밖에 없었어요. 아빠는 주사기와 강아지 분유를 사러 마트에 가고, 그동안 나는 다람쥐를 푹신한 담요 위에 눕힌 채 계속 말을 걸며 쓰다듬어 줬어요. 아플 때 아빠가 내게 해 준 것처럼요. 괜찮아, 다람쥐야, 금방 나을 거야, 아프면 울어도 돼, 비밀로 해 줄게, 하고 속삭였어요. 며칠 뒤 다람쥐는 날아다니기 시작했죠. 그렇게 빠를 줄 몰랐어요."

문호의 입가에 슬며시 미소가 퍼졌다. 레아는 처음 판다를 발견했을 때 얼마나 흥분하고 행복했는지 떠올랐다. 세상이 바뀌지는 않았지만 그때 레아의 세상은 변했다. 아마 문호도 그랬을 것이다.

"다람쥐에게 몽구라는 이름을 지어 줬어요. 몽구는 잘 먹어서 금세 토실토실해졌어요. 식탐이 좀 있는 편이라 아빠와 내가 밥을 먹을 때면 식탁에 올라와 참견하기 바빴죠. 딸기나 포도를 주면 보물처럼 품에 안고 다니는 모습이 진짜 귀여웠어요. 해바라기 씨를 제일 좋아했는데 많이 먹으면 건강에 해롭다고 해서 하루에 세 개씩만 줬어요. 씨앗이나 견과류는 구하기 힘들기도 했고요. 나는 몽구가 어디서 왔을지 궁금했어요. 그러다 엄마가 보내 준 게 아닐까 생각했어요. 엄마는 몽구가 오기 1년 전쯤 세상을 떠났거든요. 오랫동안 아팠어요. 엄마가 꼭 낫기를 바랐지만 시간이 얼마 남지 않았다는 걸 알고 있었어요. 아빠와 나, 엄마 모두 연극을 했죠. 우리는 늘 엄마가 건강해지면 하고 싶은 일들을 내일 당장이라도 할 수 있을 듯이 얘기했어요. 내가 좋아하는 김밥을 싸서 벚꽃을 보러 가고,

함께 소파에 앉아 과자를 먹으며 영화를 보고, 저녁을 먹고 난 뒤 동네를 산책하다 마트에서 아이스크림을 사서 먹으며 천천히 걸어 집으로 돌아오기 등이었죠. 시시하지만 그 시시한 것들이 정말 간절했어요. 그중 아무것도 하지 못한 채 엄마는 결국 떠났죠."

이르사가 문호의 어깨에 가만히 손을 얹었고 문호는 조용히 미소 지었다.

"나중에 아빠에게 들은 얘기로는 동네에 다람쥐를 불법 분양하는 사람이 있었대요. 경찰이 급습해서 다람쥐들을 구조하는 틈에 몇 마리가 탈출했나 봐요. 아빠는 몽구가 그 집에서 도망쳐 왔을 거라고 말했지만 나는 그래도 역시 엄마가 몽구를 내게 보내 줬다고 믿었어요. 몽구와 나는 벚나무 아래에서 함께 김밥을 먹고, 소파에 앉아 과자와 해바라기 씨를 먹으며 영화를 봤고, 그럴 때면 몽구는 내 어깨 위에 올라앉아 조그만 코를 씰룩였어요. 기분이 좋을 때 몽구의 버릇이었죠. 몽구는 나와 10년을 살고 엄마에게로 돌아갔어요. 내가 열 살 때 만나 스무 살이 되던 해까지, 학교 갈 때 빼고는 거의 모든 시간을 함께 보냈죠. 아빠와 나는 몽구를 마당에 묻어 줬어요. 그리고 다음 해 여름, 탐스러운 노란 꽃이 피었어요. 해바라기였어요. 아빠가 얼마나 좋아했는지 몰라요. 마당에 꽃이 핀 건 처음이었거든요. 아빠는 심은 적 없는 해바라기가 어떻게 피었는지 의아해했죠. 우리는 해바라기 씨를 유독 좋아해 입안에

넣고 볼이 볼록해져서 코를 씰룩이던 작은 다람쥐를 떠올렸어
요. 그 뒤로 해마다 마당에 노란 해바라기가 피었어요."

홀쩍거리는 소리가 났다. 이르사가 코를 문지르며 비염 때
문이라고 변명하듯 덧붙였지만 아무도 믿지 않았다. 이르사가
눈물 많은 사람이라는 건 이미 들킨 지 오래였다.

선장이 못마땅한 표정으로 문호를 바라봤다.

"어차피 다람쥐는 고려 대상도 아니었어요, 문호."

"죄송합니다. 저도 모르게……."

"지금 감상에 젖을 때가 아닐 텐데요."

이르사가 고개를 절레절레 흔들며 싱의 귓가에 말했다.

"난 저 사람 진짜 밥맛이요."

목소리가 커서 모두 다 들을 수 있었다. 선장도 분명 들었을
텐데 눈 하나 깜짝하지 않았다.

레아는 선장에 관해 들은 이야기가 기억났다. 백발 마녀. 선
장의 별명이었다. 바늘로 찔러도 피 한 방울 나지 않을 정도로
독하다고 쑤군거리는 소리를 들은 적 있다. 레아의 경험상 '마
녀'라는 별명이 붙은 사람은 대체로 일을 매우 잘했고 레아는
지독하게 일하는 여자들이 좋았다. 선장은 오랫동안 행성과
행성을 오가며 우주를 비행한 베테랑이었다. 뛰어난 실력으로
승승장구해 이례적으로 젊은 나이에 최고 자리에 올랐다. 항
해 중에 지구에 있는 어린 딸이 사고로 세상을 떠났다는 소식
을 듣고 하룻밤 만에 머리가 하얗게 셌다는 소문이 있었다. 진

짜인지는 알 수 없었다. 선장의 눈빛은 차갑지만 쓸쓸해 보였다. 대장 늑대는 외로운 자리였다.

"이래서는 결론이 나지 않을 것 같군요. 사육사님들은 저와 따로 얘기 좀 하시죠."

선장이 말했다. 사육사들은 무거운 걸음으로 선장을 따라 나갔다.

조종실에 남은 문호는 다시 남은 연료를 점검했다. 아무리 계산해 봐도 변하는 건 없었다. 남은 연료로 헤카테까지 가기란 불가능했다.

문호는 창밖 어두운 우주를 물끄러미 바라봤다. 아빠는 문호가 조종사가 되었다는 소식에 무척 기뻐했다. 첫 우주 비행을 마치고 돌아왔을 때 아빠는 병원에 누워 있었다. 엄마와 같은 병이었다. 문호는 예정된 비행을 취소하고 아빠 곁에 머무르려 했다. 함께 보낼 수 있는 시간이 그리 많지 않았다. 하지만 아빠는 문호의 등을 떠밀었다. 멀리 희망이 있는 곳으로 가라고 부탁했다. 그곳이 어디든 함께 있을 거라고, 아빠는 말했다. 문호가 우주를 날고 있는 동안 아빠는 세상을 떠났다.

텅 빈 집으로 돌아온 문호는 세상에 혼자 남겨졌음을 실감했다. 이제 고아였다. 천천히 집 안을 둘러보았다. 몽구를 위해 벽 여기저기에 단 선반과 해먹이 그대로였다. 몽구가 쏜살같이 올라 해바라기 씨앗을 까먹던 선반 위에 액자가 눈에 띄었다. 엄마가 아직 건강했던 시절 찍은 가족사진 옆에 통통한 아기와 세발자전거에 올라탄 어린이, 생일 케이크의 촛불을 부는 아이, 다람쥐를 어깨에 올리고 활짝 웃는 소년의 사진이 나란히 놓여 있었다. 우주복을 입고 손가락을 브이 자로 펼친 문호의 사진도 있었다. 문호는 몽구의 사진을 끼운 액자를 집어 들다 그 앞에 놓인 작은 상자를 발견했다. 열어 보니 안에 해바라기 씨앗이 가득 들어 있었다.

문호는 이번 항해를 떠나며 그 작은 상자를 챙겼다. 해바라기 씨앗을 헤카테에 심을 생각이다. 푸른 하늘 아래 초록 숲이 우거지고 신선한 바람이 불고 때로 비가 내린 뒤 눈부신 햇살이 쏟아져 말간 하늘에 무지개가 뜨는 어느 날, 몽구는 그곳에서 태양을 닮은 모습으로 다시 태어날 것이다. 민들레 와인호의 작은 수면 캡슐 속에서 동면하고 있는 다람쥐 한 쌍이 무사히 헤카테에 도착하면 언젠가 들판 가득 피어난 노란 꽃들 사이를 뛰놀다 까맣게 익은 해바라기 씨앗을 먹을 것이다.

창밖으로 별이 하나 빛났다. 문호는 별을 유심히 바라봤다. 그때 무선 통신 음이 들렸다.

"민들레 와인호 응답하라."

"선장님?"

분명 선장의 목소리였다.

"선장님 어디십니까?"

"문호, 좋은 소식과 나쁜 소식이 있는데 뭐부터 듣고 싶어요?"

"네?"

"좋은 소식은 당신이 방금 선장으로 승진했다는 거예요. 축하해요. 그리고 나쁜 소식은 내가 하나 남은 구명정을 훔쳤다는 거지."

"구명정이요?"

"아, 좋은 소식이 하나 더 있어요. 구명정은 수동으로는 비행이 가능해요. 다행이죠?"

"선장님 도대체 무슨 생각이십니까?"

"구명정 쓸 일이 없어야 할 텐데 하는 생각?"

"구명정은 연료를 거의 다 빼서 얼마 가지 못합니다."

"내가 모르는 얘기는 없나요?"

"선장님 빨리 귀환하십시오."

"그런데 말이에요, 사육사들 굉장한 사람들이네요. 설득하기 힘들 거라고는 예상했지만 내가 설득당할 줄은 몰랐어요. 문호, 리우 당신들도 합세해서 말이죠."

"선장님!"

"휴게실에 가서 사육사들에게 더 이상 고민하지 않아도 좋다고 전해 줘요. 모두 헤카테로 무사히 가는 거예요."

"선장님 제발 돌아오세요."

"아, 그리고 몽구는 분명 문호의 엄마가 보냈을 거예요. 엄마는 아이에게 줄 수 있다면 뭐든 다 주고 싶어 하죠."

"선장님 제발……."

"싱과 이르사, 레아에게도 전해 줘요. 슬프지만 몹시 아름다운 이야기였다고. 잘 부탁해요. 코끼리도, 하마도, 판다도, 표범과 다람쥐도. 무사히 헤카테까지 가 줘요, 문호. 이건 마지막 명령이자 부탁이에요."

잠시 뒤 문호는 울음을 삼키며 가까스로 대답했다.

"네…… 선장님. 헤카테까지 안전하게 동물들을 데려가겠습니다."

"좋아요. 그럼 안녕."

작은 불빛이 검은 우주 너머로 멀어져 갔다.

앤

그 애의 이름은 따로 있었지만 나는 앤이라고 불렀다. 여름 밤하늘로 폭죽을 쏘아 올리는 소리와 비슷한 이름이었는데, 세 번 연속 발음에 실패한 엄마가 내 동생 래미와 나를 보며 그냥 이모라고 부르자 했다. 앤은 좋다, 싫다, 내색하지 않았다. 내가 앤이라고 소리 내어 부른 적은 없다.

앤이라는 이름을 떠올린 건 지난 학기, 고전 문학 시간에 읽은 소설 때문이었다. 빨간 머리 고아 소녀가 나오는 이야기. 이해하지 못한 부분이 많았지만 주인공인 빨간 머리 소녀는 무척 인상적이었다. 별난 아이였다. 이상한 상상을 내내 하고, 그 이상한 생각들을 끊임없이 말하는 게 우스웠다. 빨간 머리도 아니고 주근깨도 없고 촌스러운 옷을 입지도 않았지만 그 애를 보자마자 앤이 떠오른 건 아마 처지 때문이었던 것 같다.

앤은 고아는 아니지만 이곳에서는 혼자니 거의 고아나 마찬가지였다. 앤은 헤카테에서 왔다. 수만 광년 떨어진 곳에서 희미하게 빛나는 푸른 행성. 헤카테의 별명은 '이모님 행성'이었다.

세상에, 너무 어리잖아. 우선 좀 쉬라며 앤을 방으로 들여보낸 다음 엄마는 기막힌 표정으로 중얼거리더니 도대체 어찌 된 일인지 알아보려고 '굿 시스터'에 접속했다. 담당자가 연결되길 기다리며 엄마는 날다람쥐처럼 쉴 새 없이 계단을 오르락내리락하는 래미를 탐탁지 않은 얼굴로 쳐다봤다. 래미는 앤의 방에 들어가 보고 싶어서 안달이 난 게 분명했다.

래미는 새로 이모님이 올 때마다 흥분했다. 좋은 쪽으로든, 나쁜 쪽으로든. 앤은 스물세 번째 이모님이다. 아니, 스물네 번째인가. 지금까지 우리 집에 온 이모님 중 가장 나이가 적은 건 분명했다. 래미가 태어난 뒤 많은 이모님이 우리 집을 거쳐 갔다. 이모님들은 거의 70세가 훌쩍 넘었다. 가장 젊은 분이 68세였고, 제일 짧게 일했다. 이모님 구하기는 어려웠다. 시장의 원리로 말하자면 수요는 많고 공급은 부족했다. 특히 젊은 이모님은 극히 드물었다.

한번은 젊은 이모님이 우리 집에 방문한 적이 있었다. 엄마보다는 나이가 많아 보였지만 그동안의 이모님들에 비하면 엄청나게 젊었다. 엄마가 며칠 전부터 대청소해서 먼지 하나 없이 번쩍번쩍한 집을 젊은 이모님이 둘러보는 동안 래미와 나는 옷을 차려입고 엄마의 당부대로 입가에 미소를 지으며 인형처럼 소파에 앉아 있었다. 엄마는 생전 안 하던 화장까지 하고 평소보다 한 옥타브 높은 상냥한 목소리로 젊은 이모님과 이야기를 나누었지만 우리는 면접에 실패했다.

그 일로 엄마는 좀 자존심이 상한 듯했다. 나는 래미 탓일 거라고 엄마를 위로했다. 그날 래미는 미소 짓는 인형 놀이에 금세 싫증을 내고 2층 계단 난간에 매달려 개코원숭이 흉내를 시작했다. 그걸 본 젊은 이모님은 사색이 되어 황급히 돌아갔다.

그나마 어렵게 구한 이모님들도 자꾸 그만두었다. 한번은 기별도 없이 안 오기에 연락해 봤더니 자던 중 돌아가셨다고 했다. 래미가 좋아하던 이모님이었다. 래미는 울지 않았다. 엄마는 래미에게 이모님의 죽음을 알리지 않았고 래미는 잦은 이별에 익숙했다. 이모님들은 대개 작별 인사 없이 떠났고 며칠 후면 새로운 이모님이 왔다. 앞으로 몇 년 동안 반복될 일이었다.

내가 어서 스무 살이 되는 수밖에 없다. 13세 이하 아이를 어른 없이 집에 두는 건 법으로 금지되었고, 일곱 살인 래미는 앞으로 6년은 더 보호자가 필요했다. 3년 뒤 내가 스무 살이 되면 엄마는 겨우 한숨 돌릴 수 있을 것이다. 천방지축인 래미를 잘 돌볼 자신은 없지만 어쨌거나 위법은 면할 수 있다.

하지만 엄마는 다른 방법을 찾아냈다. 그 무렵 엄마는 퇴근이 늦는 일이 잦았고 그때마다 나는 못마땅한 표정의 이모님 눈치를 살피며 현관문을 뚫어지게 바라봐야 했다. 숨이 턱까지 차서 뛰어 들어와 연방 고개를 조아리며 이모님을 배웅하고 난 엄마는 무척 지쳐 보였다. 엄마는 결국 '굿 시스터'에 등록했다. 내가 스무 살이 되는 것보다는 수만 광년 떨어진 행성에서 이모님을 데려오는 게 훨씬 빨랐으니까.

'굿 시스터'는 다른 행성에서 이모님을 채용해 가정에 연결해 주는 정부 지원 사업이다. 대대적인 홍보 중이라 텔레비전만 켜면 광고가 나왔다. 깨끗하고 근사한 집에서 아이가 있는 가족과 젊은 이모님이 함께 행복한 웃음을 짓는 내용이었다. 보육과 가사를 담당할 노동력을 원활히 보급해 가정의 행복도를 높이고, 열악한 환경에 처한 행성의 여성들을 돕자는 게 사업 취지였다. 정부가 책정한 합리적인 임금, 즉 저렴한 비용으로 이모님을 고용할 수 있어 인기였다. 이모님이 우리 행성까지 오는 교통비도 정부에서 보조했다. 단, 이모님과 한집에 살며 식사를 비롯한 쾌적한 환경을 제공해야 한다는 조건이 달렸다. 우리 집엔 방도 없는데, 하다가 나는 입을 다물었다. 엄마는 외계인 아니라 외계인 할머니 손이라도 빌리고 싶은 표정이었다.

엄마가 바란 조건은 살림에 능숙하고 아이를 보살핀 경력이 있는 30대 중반의 이모님을 최대한 빨리 모시고 싶다는 거였다. 앤은 아무리 봐도 너무 앳돼 보였다. 나보다 몸집도 작았다. 저 가냘픈 몸으로 래미를 감당할 수 있을까 싶었다. 앤은 헤카테를 떠나기 한 달 전에 스무 살이 됐다고 했다. 헤카테는

1년을 300일로 삼으니 여기 나이로 따지면 내 또래이거나 오히려 더 어린 셈이었다.

엄마는 '굿 시스터'에 따졌으나 별수 없었다. 돌려보내기에는 너무 먼 거리였다. 정부에서 지원하는 건 편도 요금뿐이었다. 그래도 엄마의 희망 사항 하나는 이루어졌지 않은가. '최대한 빨리'. 예상보다 훨씬 이른 도착에 엄마와 나는 몹시 놀랐다. 엄마는 고개를 절레절레 흔들더니 말했다. 뭐, 어떻게든 되겠지.

'어떻게든'의 상당 부분은 내 몫이 됐다. 앤에게 가르쳐 줘야 할 게 많았다. 각종 가전 기기의 작동 방법 및 살림법, 그러니까 청소기는 매일 아침 돌리고 화장실은 두 가지 세제로 닦고 설거지는 먹고 난 다음 즉시, 매주 배달되는 식료품 정리도 바로바로, 세탁은 사흘에 한 번, 빨래를 개고 정리하는 법도 가르쳐 줬다. 래미도 뭔가 가르쳐 주고 싶어 안달이었고 전자레인지 사용법을 알려 줄 때는 기뻐서 어쩔 줄 몰랐다. 가르쳐 준 대로 앤이 냉동 피자를 데워 내자 래미는 펄쩍펄쩍 뛰었다. 래미가 흥분할 때는 초콜릿 맛 막대 사탕을 하나 입에 물리고 책 읽어 주는 영상을 틀라고도 일러 주었다. 영상이 시작되면 3초 정도는 잠잠해졌다. 앤은 배우는 속도가 빠르고 일도 잘했다. 엄마 말에 의하면 일머리가 있었다.

앤은 늘 옷 주머니에 손바닥만 한 노트를 넣고 다녔다. 내가 설명을 하거나 시범을 보이면 앤은 가만히 지켜본 뒤 뭔가를 적었다. 슬쩍 노트를 들여다보자 암호처럼 보이는 글자가 빼곡했다. 헤카테의 언어는 우리 말과 전혀 달랐다. 앤과 대화할 때는 통역기를 썼다. 주로 내가 말하고 앤은 귀 기울였다. 내 말이 끝나면 약간의 틈을 두고 통역기가 헤카테어로 바꿔 전해 줬다. 언어와 언어의 틈 사이에 앤은 내 눈 아래쯤을 조용히 바라봤다. 어쩐지 저 멀리 아득한 우주를 닮은 눈이었다.

통역이 정확한지는 알 수 없었지만 소통에 큰 문제는 생기지 않았다. 집은 늘 깨끗하게 청소된 상태였고 빨래는 깔끔하게 개켜 제 위치에 잘 정리되어 있었다. 앤은 간단한 대답 외에는 거의 입을 열지 않았다. 어쩌다 말을 하면 꼭 깊은 밤에 우는 새 소리나 먼 곳에서 불어오는 바람 소리처럼 들렸다. 내가 손에 쥔 작은 기계는 바로 통역해 줬다. 내놓을 빨래가 있습니까?

래미는 앤에게 푹 빠졌다. 그간 이모님들을 좋아하던 것과는 달랐다. 그럴 만도 했다. 이모님들은 래미에게 하거나 하지 말라는 잔소리가 많았지만 앤은 래미가 욕실을 온통 비누 거품 바다로 만들어도 내버려 두었다. 그렇게 다 받아주면 감당할 수 없다고 한마디 해 줄까 싶었지만 그만두었다. 어차피 욕실 청소를 하는 건 앤이었다.

동생이 생기면 좋겠다거나 강아지를 키우고 싶다고 떼쓰던 래미는 더 이상 조르지 않았다. 원하던 것을 마침내 얻은 듯싶었다. 래미가 아무리 졸라도 정글 놀이는 절대 해 주지 말라고 앤에게 충고했지만 소용없었다. 어느 날 학교에서 돌아와 보니 엎드린 앤의 등에 래미가 올라타 있었다. 루비, 더 빨리 달려! 래미가 외쳤다. 통역기가 으르렁거리는 소리를 냈다. 검은 치타, 루비가 된 앤은 래미가 가리키는 방향으로 비틀비틀 기어갔다.

앤이 온 뒤 래미는 나를 얼룩말 조디나 이구아나 송송이라고 부르며 귀찮게 하지 않았다. 엄마도 마음 편히 야근하고 주말이면 늦잠에 심지어 낮잠도 잘 수 있었다. 앤은 원한다면 주말에 쉴 수 있었지만 그 대신 특별 수당을 택했다. 쉰다고 해도 딱히 갈 데도, 할 일도 없었을 것이다. 엄마가 소파에 누워 책을 읽는 동안 부엌에서 저녁이 차려졌고 래미는 앤이 준 밀가루 반죽을 조물거리며 놀았다. 집에서는 언제나 향긋한 세제 냄새가 풍겼다.

엄마는 웃는 일이 늘었고 우리 집은 쾌적하고 평화로웠다. 마치 텔레비전 속 '굿 시스터' 광고처럼 완벽해 보였다. 아주 먼 곳에서 선물이 도착한 것 같다고 엄마가 말했을 때 나는 적잖이 놀랐다. 사실 이모님들이 자주 그만두고 인사도 없이 휭하니 떠나는 이유의 많은 부분은 엄마 때문이었다. 엄마는 밖에서 일하지만 집은 완벽하길 원했고 엄마의 까다로운 눈에 차는 이모님은 드물었다. 제집과 가족처럼 여기고 살뜰히 살펴 줄 살림 잘하는 이모님을 구하겠다는 바람을 포기하지 않은 엄마는 결국 찾아냈다. 이곳에 달리 집도 가족도 없는 앤은 더할 나위 없이 완벽한 이모님이었다.

헤카테에서 이모님이 왔다는 소식에 이지가 보러 오겠다고 했다. 이지는 반에서 제일 친한 친구다. 이지는 헤카테 이모는 어떤지 궁금해했다. 이지네 집에는 속스에서 온 이모님이 있었다. 속스도 멀지만 헤카테보다는 가까웠고 이모님은 앤만큼 어리지는 않지만 꽤 젊었다.

한번은 이지의 집에 놀러 갔을 때 이모님이 우리에게 케이크와 주스를 갖다줬다. 그러고는 이지를 향해 입술을 달싹였다. 잠시 뒤 통역기가 전했다. 더 필요한 것이 있습니까?

이지 말로는 속스 언어는 우리가 듣지 못하는 주파수 영역대라고 했다. 종종 아무 소리도 안 났는데 갑자기 통역기가 말을 해서 깜짝깜짝 놀란단다. 말도 마. 귀신 들린 줄 알았다니까. 그러더니 이지가 킥킥 웃었다.

이지는 앤을 보자마자 내 손에서 통역기를 냉큼 채 가더니 물었다. 몇 살이야?

나뭇가지에서 포르릉, 작은 새가 날아오르는 소리가 앤의 입에서 흘러나왔다. 이지의 눈썹이 갈매기처럼 비상하고 눈이 빛났다. 헤카테에서 왔다며? 거긴 되게 춥다던데? 앤의 대답은 무척 짧았다. 또옥, 깊은 밤 물 한 방울이 떨어지는 소리.

이지가 잠시 생각하다 또 질문했다. 여긴 어떻게 오게 됐어?

앤은 대답하는 대신 내 얼굴을 바라봤다. 나는 이지에게 래미 책 읽을 시간이라고 말했다. 잠시 뒤 통역기에서 높고 긴 휘파람 소리가 났다. 앤이 래미의 방으로 들어가자 이지가 호들갑을 떨었다. 와, 되게 요상한 소리를 내네!

"조금 답답하긴 하지, 안 그래?"

딱히 그런 것 같지는 않지만 나는 고개를 끄덕였다.

전자레인지에 팝콘을 돌리는 동안 옆에서 구경하며 이지가 말했다.

"우리 엄마가 그러는데 말 안 통하는 편이 오히려 낫대. 얘기를 엿들을 염려도 없고 말 옮길 걱정도 없고 불평불만 하지도 않고 월급 올려 달라고도 안 하고. 잘리면 바로 추방인데 어쩌겠어."

그때 앤이 주방으로 들어왔다. 나는 놀라서 이지의 옆구리를 쿡 찔렀다. 그러자 이지가 약간 화난 듯이 큰 소리로 발끈했다.

"뭐 어때? 어차피 못 알아듣는데!"

앤은 무표정한 얼굴로 선반에서 초콜릿 막대 사탕을 하나 꺼내 그대로 나갔다. 아마 앤은 들었을 것이다.

앤은 일만 빠르게 배우는 게 아니었다. 언어도 빠르게 익혔다. 짐작건대 래미에게 틀어 주는 책 읽는 영상이 큰 도움이 됐으리라. 그리고 우리는 항상 앤 앞에서 떠들었으니 생생한 학습이 됐을 것이다. 앤은 통역기 없이 대화가 가능했다. 그 사실을 내가 알게 된 건 한참 전이었다.

그날 학교에서 돌아오는 길에 놀이터에서 놀고 있는 래미가 눈에 띄었다. 래미는 미끄럼틀을 오르락내리락하고 앤은 벤치에 앉아 래미를 지켜보고 있었다. 래미를 놀라게 해 줄 생각으로 살금살금 다가간 순간, 한 아이가 뛰어가다 벤치 근처에서 넘어졌다. 앤은 즉시 그 아이를 일으켜 주며 말했다. 괜찮니?

분명 들었다. 또렷한 목소리로 괜찮냐고 물었다. 앤은 손수건으로 어린애의 손과 무릎을 닦아 줬다. 마침 아이의 보호자, 아마도 이모님이리라 생각되는 노부인이 와서 앤과 잠시 이야기를 나눈 뒤 아이를 데리고 갔다. 억양이며 톤, 단어 선택과 문법, 앤의 말에는 흠잡을 데가 없었다.

그때 본 장면에 대해 나는 아무에게도 말하지 않았다. 앤에게도 내색하지 않았다. 앤도 마찬가지였다. 앤은 아무것도 이해하지 못하는 척했다. 심지어 우리가 바로 앞에서 자기 얘기를 해도 모른 척했다. 통역기를 거친 엄마의 말이 끝나기를 기다려 멀리서 휘파람 부는 소리로 대답할 뿐이었다. 네, 래미는 오늘 잘 놀았습니다.

앤은 래미를 다루는 데도 능숙했다. 래미는 종종 귀엽지만 대체로 폭군에 망나니였다. 하지만 앤은 래미에게 얼굴 한번 찌푸리지 않았다. 심지어 래미를 예뻐하는 것 같았다. 그동안 여러 이모님들을 봐 온 나는 래미를 진심으로 예뻐하는지, 예뻐하는 척하는지, 아니면 귀찮아하는지 금방 알았다. 래미는 나보다 더 빠르고 정확하게 알아차렸다. 애정에 관해서라면 아이들은 야생 동물의 눈과 코를 가지고 있다.

언젠가 학교에서 돌아왔을 때 래미의 방에서 소리가 새어 나왔다. 나는 문 앞에서 가만히 귀를 기울였다. 한 번도 들어 본 적 없는 소리였다. 마치 깊은 바다 밑바닥에서 들려오는 신비로운 인어의 노래 같고, 검푸른 우주에서 빛나던 별이 마지막으로 찬란한 광채를 쏟아 내고 사라지는 소리 같았다. 왜 그런 느낌이 들었는지 모른다. 인어의 노래나 별이 사라지는 소리를 들어 본 적도 없으면서. 나직한 소리에 귀를 기울이자 온몸의 힘이 쭉 빠지고 눈꺼풀이 무거워지며 가슴에 부드럽고 따스한 깃털 같은 것이 가득 차는 듯해서 어쩐지 울고 싶은 기분이 들었다. 자장가인가 보았다. 사랑하는 이에게 들려주는 노래였다. 이해할 순 없지만 느낄 수 있었다.

앤에게 통역기가 필요 없다는 사실을 숨긴 이유는 나도 잘 모르겠다. 알 필요가 없는 걸 알게 되는 건 조금 불편한 일이 될 수 있다. 앤도 아마 그렇게 생각했을 것이다. 우리에 관해서 앤이 알아야 할 바는 우리의 요구 사항뿐이었다. 마찬가지로 우리도 앤에 대해 더 알려고 하지 않았다. 이모님들은 언제든 떠날 수 있고, 언젠가 떠나는 사람이었다. 래미는 아직 이해하지 못했을지도 모르겠다. 동생이 있냐고, 강아지를 키워 본 적 있냐고, 생일은 언제냐고, 초콜릿 사탕을 좋아하느냐고 앤에게 물었을지도 모른다.

나는 묻는 대신 앤의 서랍을 열어 짐작해 보곤 했다. 일부러 그런 건 아니었다. 나는 종종 앤의 방에 들어갔다. 앤은 주방 옆, 옷방 겸 창고에서 지냈다. 창이 선반으로 가로막혀 늘 어두운 방 가운데에 작은 침대를 두고 썼다. 엄마는 앤을 위해 서랍장을 비워 줬지만 앤의 물건은 서랍 하나를 다 채우지 못했다. 앤의 짐은 손에 들고 온 작은 가방뿐이었다. 서랍 안에는 매일 부지런히 세탁해서 입는 옷 두어 벌과 속옷, 책 두 권과 두툼한 노트가 전부였다. 책과 노트에는 읽을 수 없는 글자가 가득했고 노트 사이에는 사진 몇 장이 끼워져 있었다. 나는 사진을 잠시 들여다본 뒤 테니스 라켓을 찾아 방에서 나왔다.

앤이 처음 휴가를 쓴 건 우리 집에 온 지 반년쯤 지났을 때였다. 이번 일요일에 쉬겠다는 앤의 말에 엄마는 떨떠름한 표정으로 쉬려면 미리 알려 줘야 한다고 했다. 하지만 이내 웃으며 당연히 쉬어야지, 하고 덧붙였다. 뭘 할 거냐고 엄마가 묻자 앤은 갈 데가 있다고 했다. 어디에 가느냐고 물었지만 대답하지 않았다.

그날 밤 앤이 내 방으로 찾아왔다. 빨랫감을 챙기거나 침대 시트를 가는 용무가 아닌 일로 내 방에 들어온 건 처음이었다. 앤은 내게 손바닥만 한 노트를 보여 주며 여기에 어떻게 가는지 물었다. 노트에는 내가 읽을 수 있는 글자로 주소가 적혀 있었다. 집에서 꽤 먼 거리였고 나도 한 번도 가 본 적 없는 도시였다. 가는 방법을 알아보자 차편을 여러 번 갈아타야 했다. 택시를 이용하면 편하겠지만 요금이 상당했다. 앤의 얼굴이 어두워졌다. 앤은 지하철 타는 방법도 모를 것이다. 앤이 가 본 곳이라고는 래미의 유치원, 집 근처 공원과 놀이터, 마트뿐이다. 내가 알기로는 그랬다. 데려다주겠다고 말하자 앤은 놀라는 표정을 지었고 잠시 망설이다 휘파람 소리로 대답했다. 틈을 두고 통역기가 감사합니다, 하고 전했다.

좀 헤매느라 제법 시간이 걸려 목적지에 도착했다. 아파트 놀이터 입구에서 앤은 오래 걸리지 않을 거라고 통역기에 대고 말했다. 나는 앤을 남겨 두고 한동안 돌아다녔다. 단지는 상당히 컸고 종종 유아차를 모는 노부인과 마주쳤다. 한참 뒤 놀이터로 돌아갔다.

앤은 어떤 여자와 나란히 벤치에 앉아 이야기를 나누고 있었다. 보자마자 앤과 같은 행성 사람이구나 싶었다. 앤보다는 약간 나이가 많아 보였다. 나는 멀찍이 떨어진 그네에 올라탔다.

여름의 끝자락이지만 한낮의 태양은 여전히 뜨거웠다. 더위 탓인지 놀이터는 인적 없이 고요하고 이따금 바람이 불면 머리 위의 무성한 나무에서 사라락, 사라락 작은 파도 소리가 났다. 두 사람의 얼굴에 그늘이 드리워져 있었다. 앤은 여름도, 태양도, 나뭇잎 소리도 처음일 것이다. 기후 변화로 인해 두꺼운 얼음과 눈으로 덮여 혹독한 추위와 밤이 지속되는 곳에서 앤은 왔다. 하얗게 흩날리는 벚꽃을 보면 소설 속 주인공처럼 앤도 좋아할까 문득 궁금해졌다.

한참 뒤에 두 사람은 벤치에서 일어나 손을 잡고 인사를 나누고는 꼭 껴안은 뒤 헤어졌다. 나는 좀 더 그네를 타고 싶어 그대로 벤치에 우두커니 앉아 있는 앤을 지켜보았다. 앤은 우는 것 같았다.

집에 돌아오는 내내 앤은 버스 창밖만 내다보았다. 어둠이 물든 차창에 앤의 얼굴이 비쳤고 눈은 텅 비어 있었다. 짐작할 수 없이 어둡고 깊은 우주처럼.

버스에서 내려 집으로 걷다가 나는 무심한 척 말문을 뗐다.

"아까 그 여자, 아는 사람이야?"

앤은 잠시 망설이더니 대답했다.

"헤카테에서 함께 온 언니야."

"친언니?"

앤이 고개를 저었다.

"형제가 있어?"

나는 물었다.

"동생이 하나 있어."

앤은 물끄러미 나를 바라봤다.

"너와 비슷한 나이야."

이곳의 나이로 따지면 앤의 동생은 나보다 한참 어릴 테지만 나는 아무 말도 하지 않았다. 나를 바라보는 앤의 눈이 너무 슬퍼 보였기 때문이다.

앤은 이따금 나를 보며 동생을 떠올렸을지도 모른다. 좋은 쪽이든 나쁜 쪽이든. 아마도 대부분은 그리움이었으리라. 앤처럼 깊은 눈을 지닌 동생. 나는 그 얼굴을 앤의 노트에 끼워진 사진에서 본 적이 있다. 코가 닮은 앤의 아빠와 갸름한 턱이 비슷한 엄마와 함께 찍은 사진 속에서 활짝 웃고 있는 앤은 무척 낯설었다.

집 앞에 도착하자 앤은 고맙다고 말했다. 노랗게 불을 밝힌 창을 잠시 올려다본 나는 물었다. 헤카테어로 '고맙다'를 어떻게 말하느냐고. 앤의 입에서 하얀 눈송이가 흩날리는 듯한 소리가 흘러나왔다. 나는 따라서 소리 내 보았다. 지상에 낙하한 눈송이가 녹는 것처럼 앤이 조용히 웃었다. 그날 밤, 나는 버스에서 내린 뒤로 통역기를 켜지 않았고 앤도 물론 알고 있었다. 나는 다시 한번 앤의 언어로, 눈송이가 흩날리는 듯한 소리로 말해 보았다. 고마워. 어쩌면 전혀 다른 말이었을지도 모르지만 앤은 이해했을 거라고, 나는 생각했다.

그 후로 앤은 뭔가 달라졌다. 집 안도 전 같지 않았다. 신경 쓰지 않으면 눈치채지 못할 미묘한 변화였다. 창틀에 먼지가 앉아 있고 개어 놓은 수건이 약간 비뚤고 냉장실 야채 칸에 통조림이 들어 있다든가 하는 정도였다. 전에는 단 한 번도 그런 적이 없었다. 눈에 띌 때마다 나는 창틀을 닦고 수건 위치를 바로잡고 통조림을 선반에 올려놓았다.

앤은 부쩍 수척해졌다. 파리한 얼굴이 더 창백해지고 눈은 멍해서 래미가 말을 걸어도 듣지 못할 때가 많았다. 래미의 치타 루비가 되어 주지도 않고 노래도 불러 주지 않았다. 래미는 틈만 나면 동생이 생기면 좋겠다거나 강아지를 키우고 싶다고 볼멘소리를 하다 2층 계단 난간에 매달려 발을 버둥거렸다. 그런 래미를 앤은 내버려두었다. 래미는 악을 쓰다 앤을 때리며 엉엉 울었다. 야생 동물의 눈과 코가 뭔가를 감지했던 것 같다.

나는 검색 끝에 헤카테에 관한 뉴스를 발견했다. 석 달 전쯤 소식으로, 폭설과 강추위가 헤카테 전역을 덮쳐 주민들이 큰 피해를 입었다는 기사였다. 사상자가 상당하리라 예상되지만 확인조차 어려울 정도로 열악한 상황이며, 통신 시스템에도 문제가 생겨 교신이 끊겼다고 했다. 그다음 뉴스는 통신 시스템을 차차 복구하고 있지만 일부 피해가 큰 지역은 복구 시기를 예상할 수 없다는 짤막한 기사로, 이후 소식은 찾을 수 없었다.

앤은 '굿 시스터'를 통해 가족들과 연락하고 있었다. 엄마가 앤에게 접속하고 이용하는 법을 가르쳐 줬는데 헤카테까지 연락이 오가는 데에는 상당한 시간이 걸리는 모양이었다. 그래도 앤은 날마다, 아니 틈날 때마다 접속했을 것이다. 가족들에게 소식이 왔을까 설레며, 답을 받기도 전에 매일매일 나는 잘지낸다고, 모두 보고 싶다고 멀고 먼 우주로 메시지를 보냈을지도 모른다.

앤이 헤카테에서 함께 왔다는 언니를 만나러 간 이유를 짐작할 수 있었다. 그늘과 눈물, 포옹의 의미를 나는 뒤늦게 깨달았다. 모두 무사하리라고, 어딘가 안전한 곳으로 피했을 거라고, 기다리면 소식이 오리라고, 언젠가 꼭 다시 만나게 될 거라고 앤을 위로해 주고 싶었지만, 나는 어느 것도 소리 내어 말하지 못했다.

이모님들은 대개 작별 인사 없이 떠났다. 이모님이 해 주던 팬케이크나 국수가 떠오를 때가 간혹 있었지만 이내 잊어버렸다. 래미는 새로운 이모님이 오면 언제나 흥분했다. 좋은 쪽으로든, 나쁜 쪽으로든. 떠난 이모님에 대해서는 단 한 번도 말한 적 없다. 어쩌면 그게 래미가 작별하는 방법이었을지도 모르겠다. 래미는 이번에도 그렇게 잊을 것이다.

그날 래미는 앤과 숨바꼭질을 했다. 자주 하던 놀이였지만 여느 때와 달리 래미는 앤에게 숨바꼭질을 하자는 말도 않고 시작했다. 기다란 뱀 모양을 한 미끄럼틀 속으로 들어간 래미는 벤치에 앉아 있는 앤을 지켜보았다. 앤이 문득 래미가 너무 오래 보이지 않았다고 깨달았을 때 래미는 미끄럼틀에 없었다. 래미는 앤이 찾지 못하도록 꼭꼭 숨었다. 장난이었을 것이다. 어쩌면 조금 골탕 먹이고 싶었을 수도 있다. 래미는 그 무렵 앤에게 잔뜩 심통이 나 있었으니까. 예전처럼 앤이 한껏 걱정스러운 얼굴로 달려와 꼭 안아 주길 바라며 래미는 멀리멀리 달아났고 길을 잃었다.

밤은 빠르게 찾아와 래미를 부르는 엄마의 입에서는 하얀 입김이 새어 나왔다. 엄마와 나는 놀이터와 공원과 집 근처 모든 가게를 돌며 래미를 찾았다. 찻길을 유심히 살피는 엄마는 울먹이며 자책했다. 어디에서 왔는지도 모를 애에게 래미를 맡기는 게 아니었다고, 엄마는 래미를 애타게 부르며 울부짖었다.

밤늦게 경찰이 눈물 콧물 범벅이 된 래미를 데려왔지만 앤은 돌아오지 않았다. 다음 날 학교 수업을 마치고 집에 오니 앤의 작은 가방이 사라지고 없었다. 앤의 서랍도 텅 비어 있었다.

한참 뒤 나는 옷방에서 래미의 핼러윈 의상을 찾다가 구석에 처박힌 통역기를 발견했다. 전원을 켜니 작동이 됐다. 오래전에 녹음해 둔 파일을 재생하자 깊은 바다 밑바닥에서 울려 퍼지는 듯한 소리가 어룽어룽 흘러나왔다. 통역 버튼을 누르자 나의 사랑, 나의 아기, 나의 소중한 작은 별, 하고 앤은 노래했다.

호감도는
0퍼센트

녹용과 짝이 됐다. 좀 곤란하게 됐다 싶었다. 나는 녹용을 좋아하지도 싫어하지도 않는다. 녹용은 우리 반에서 교실 뒤에 걸린 액자나 비슷한 존재였다. 무슨 그림이 끼워져 있는지조차 가물가물한 액자. 뒤돌아보니 액자 같은 건 걸려 있지 않았다.

"너, 유이랑 몇 퍼야?"

급식을 후다닥 먹고 매점으로 달려가며 손지에게 물었다. 손지는 유이랑 짝이 됐다.

손지가 대답 대신 콧잔등을 살짝 찡그렸다. 귀여워. 퍼그 같아. 동글납작한 게 완전 똑같아. 유이랑은 별론가 보다. 왠지 기분이 살짝 좋아졌다.

손지는 학기 초 처음으로 같이 앉게 된 짝이었다. 한 달 동안 같이 앉고 그 뒤로 자리가 두 번 바뀌었지만 우린 여전히 급식실에서 나란히 앉고 매점도, 집에 돌아가는 길도, 카페와 떡볶이집도 함께 갔다. 수학 학원도 같이 다닌다. 내가 손지네 학원으로 옮겼다. 엄마한테는 잘 가르치는 선생님이 있다고 둘러댔지만 손지랑 다니고 싶어서였다.

손지랑 나는 처음부터 잘 맞았다. 우리 둘 다 오므라이스를 좋아하고 카레는 별로고 브로콜리는 싫어하고 시금치는 억지로 삼킬 수는 있고 생크림을 듬뿍 올린 아이스 밀크티를 사랑하고 떡볶이는 치즈 같은 건 안 올린 옛날 떡볶이. 심지어 우리는 민트초코 아이스크림에 환장했다. 민트초코 아이스크림을 좋아하기란 결코 쉽지 않은데도 말이다. 매점에서 손지가 뭘 고를지도 훤했다. 바나나 맛 우유. 물론 내 선택도 마찬가지다. 우리는 바나나 맛 우유를 60개쯤 함께한 사이다.

손지와 나의 첫 호감도는 73퍼센트. 점점 올라서 지금은 87퍼센트다. 89퍼센트까지 찍은 날도 있다. 이대로 90퍼센트를 넘으려나 싶었는데 아직이다. 하지만 87퍼센트도 대단한 거다. 이렇게 호감도 높은 친구는 처음이다.

"아, 나는 커피 우유."

바나나 맛 우유 두 개를 집어 든 나를 향해 손지가 말했다.

"좀 졸려서."

손지가 콧잔등을 찡긋하고 웃었다.

나는 바나나 맛 우유 하나를 커피 우유로 바꾸다가 둘 다 커피 우유로 집어 들었다. 나도 오후에 졸릴 것 같은 예감이 들었다. 손지가 내 손을 보더니 또 찡긋 웃었다.

빨대로 커피 우유를 마시며 손지와 나란히 담을 등지고 섰다. 그늘 속에 있으니 시원했다. 아직 초여름인데도 볕이 뜨거웠다. 커피 우유는 좀 텁텁했다. 역시 바나나 맛 우유로 할걸 그랬나 싶었다. 나는 휴대폰으로 호감도 앱을 슬쩍 확인했다. 84라는 숫자가 찍혀 있었다. 말도 안 돼. 다시 봐도 84였다. 오늘 아침까지만 해도 분명 87이었는데. 이게 도대체 어찌 된 일이지? 갑자기 심장이 쿵쿵 뛰기 시작했다.

"뭐 하냐?"

"이렇게 하면 건강에 좋다. 너도 해 봐."

나는 등으로 벽을 쿵쿵 치며 손지에게도 권했다.

"약수터 할아버지냐."

손지는 퉁을 주면서도 나를 따라 했다. 같이하니까 이게 또 웬일인지 재미있었다. 하다 보니 등이 시원하기도 했고.

"빨리 한 달 갔으면 좋겠다."

어서 자리를 바꾸고 다시 손지랑 짝이 되고 싶었다. 우리 반은 22명이니까 확률로 따지면 그게 그러니까. 아, 머리 아프다. 손지도 나랑 같은 마음일까?

"녹용은 애들을 무시하나?"

빨대로 우유를 쪽 빨아올리더니 손지가 말했다. 뜬금없이 무슨 소리야. 교실 뒤에 걸린 액자 같은 존재가 누구를 무시하고 말고 할 게 있나 싶은데, 손지가 말하니 또 그런가 싶기도 했다.

"아니면 그렇게 자신이 있나?"

다시 빨대를 쪽 빨고 손지가 말했다. 그런가. 그렇게 되나.

아침에 녹용은 내 옆자리에 앉으며 입가를 씰룩했다. 워낙 순식간이라 웃은 건지 아닌지 애매했다. 딱히 날 보고 지은 표정이 아닌 것 같기도 하고. 그래도 정황상 아무래도 미소, 그렇다면 미소로 간주하고 나도 웃어 보였지만 그걸로 끝이었다. 오늘 날씨가 좋지? 이 정도면 흐린 편 아니야? 아, 그런가, 하는 해도 그만, 안 해도 그만인 이야기로 얼음을 깨 보려는 시늉도 없었다. 뭐, 원래 말을 나누던 사이가 아니기도 했고. 녹용이 웃는 데 별로 소질이 없다는 것 하나는 알았다.

녹용은 피자 위에 올린 브로콜리 같다고나 할까, 김밥 속 우엉 같다고나 할까. 아무튼 되게 안 어울리고 겉돌았다. 따돌림까지는 아니지만 반에서 혼자였다. 그게 따돌림당하는 건가. 아니, 따지고 보면 녹용이 반 전체를 따돌리는 셈이었다. 녹용은 우리 반에서 호감도 앱을 사용하지 않는 유일한 애였다. 우리는 호감도 앱 숫자에 따라 친구가 되고 무리를 지었다. 0부터 100까지 표시되는 숫자는 서로의 호감도를 나타낸다.

열다섯 살 생일이 되자마자 나는 호감도 앱을 다운 받았다. 호감도 앱은 15세부터 이용 가능했다. 열다섯 살이 넘은 사람 중에 호감도 앱을 이용하지 않는 이는 우리 할머니 빼고는 못 봤다. 겪어 보면 아는데 굳이, 난 그런 거 별로다, 했던 엄마마

저 재미로 호감도 앱을 써 보고는 어쩐지, 니네 아빠랑 영 안 맞다 싶었다, 호감도 앱이 있었으면 난 이 결혼 절대 반대였다, 하며 엄청 아쉬워했다. 엄마와 나의 호감도는 바닥은 아니지만 결코 높다고는 할 수 없다. 딱 맞네, 하며 엄마가 클클클 웃었다.

호감도 앱의 수치는 정확하다. 호감도 20퍼센트보다는 호감도 80퍼센트가 친구가 될 확률이 높고 실제로 그랬다. 가장 큰 장점은 효율성이다. 친구를 사귀는 데 쓸데없는 노력을 할 필요가 없다. 쟤가 왜 날 싫어하나, 어떻게 해야 날 좋아하게 될까, 하는 고민도 감정 낭비도 전혀 필요치 않다. 그저 처음부터 안 맞는 사이였을 뿐이다. 우리는 서로에게 상처를 주지도, 받지도 않는다. 호감도 앱 덕이었다.

지금까지 내 앱에 0과 100이라는 숫자는 한 번도 나타난 적 없다. 완벽한 비호감도, 절대적인 호감도 아직 만나지 못한 것이다. 내가 100퍼센트 호감을 느꼈다고 해도 상대가 나에 대해 같은 호감을 느끼지 않는다면 100이라는 숫자는 나올 수 없다. 예전에 100퍼센트 호감도를 보인 연인이 방송에 나온 적 있었는데 확인 결과 조작으로 밝혀졌다. 나는 100퍼센트의 상대를 만나리란 기대는 하지 않는다. 아니, 기대를 아주 안 하는 건 아니지만 아무래도 힘들 테고 왠지 좀 부담스러울 것 같다. 혹 100퍼센트의 상대를 만난다고 해도 평생 100퍼센트를 유지하기도 쉽지 않으리라. 바나나 맛 우유를 나눠 먹고 서늘

한 벽에 나란히 등을 대고 있는 정도의 호감, 그 정도면 딱 적당한 것 같다.

마침 시원한 바람이 불어왔고 손지의 앞머리가 날려 하얀 이마가 드러났다. 우어어, 손지가 앞머리를 누르며 코를 찡긋했고 나는 웃었다. 앱을 눌러 보니 여전히 84였다.

무시하나, 아니면 그렇게 자신 있나 하는 소리를 듣고 보니 은근히 녹용에게 눈길이 갔다. 등은 구부정하고 어깨는 수그려 마치 책상을 껴안은 듯한 모양새로, 교과서를 향해 착 내리깐 눈 밑이 다소 어두침침했다. 목을 드러낸 짧은 머리는 미용실 갈 타이밍을 놓쳤는지 끝이 고르지 않아 삐죽삐죽했다. 더 딱한 건 앞머리인데 제 방에서 혼자 자른 듯싶었다. 아마 가위는 잘 안 들고 조명은 어둑했으리라. 녹용의 얼굴을 이렇게 가까이서 자세히 보기는 처음이었다. 녹용은 내내 심드렁한 표정으로 말도 없고 웃지도 않았다. 내게 보여 줬던 미소는 역시 착각이었나 보다. 쉬는 시간에도 자리만 지키고 앉았고 화장실도 잘 안 갔다. 과묵하고 움직임도 적은 녹용을 보니 떠오르는 생명체가 있었다. 거북이. 얼마 전에 유튜브에서 본 동영상 때문인 것 같다.

동영상 속 거북이는 발라당 뒤집혀 바닷물 위에 떠 있었다. 가련하게도 배를 드러낸 채 짧은 다리를 버둥거리며 한자리를 풍차처럼 맴돌 뿐이었다. 그러자 어디선가 거북이가 하나

둘 나타나더니 잠시 뒤 수많은 거북이가 몰려와 다들 영차영차 힘을 써서 버둥거리는 거북이를 뒤집어 주었다. 비로소 자유의 몸이 된 거북이는 친구들과 함께 물살을 가르며 헤엄쳐 사라졌다. 그 광경이 어쩐지 벅차서 몇 번이나 반복해 봤다. 손지에게 링크를 보내 주자 감동이라며 눈물 흘리는 이모티콘으로 답했다. 내 마음이 딱 그랬다. 손지와 나는 감정 코드도 참 잘 맞았다.

나는 대각선 앞자리로 눈을 돌렸다. 15도 갸우뚱 기울어진 손지의 동그란 뒤통수가 보였다. 왼쪽 손으로 턱을 받쳐 볼살이 살짝 눌려 있을 것이다. 안 봐도 뻔하다. 눌린 볼살이 되게 귀여울 게 분명했다. 빨리 쉬는 시간이 됐으면 좋겠다.

나는 서랍 속에 휴대폰을 감추고 앱을 켰다. 교실에 있는 사람들 이름이 떴다. 영어 선생님과 녹용의 이름만 빼고. 선생님들은 학교에서는 앱을 사용하지 않는다. 예전에 교사가 호감도 낮은 학생들을 차별했다고 학부모들이 민원을 제기한 뒤부터였다. 말도 안 된다. 아니, 애초에 교사와 학생 사이에 호감도가 높을 수가 있나? 집단 고소 사건도 있었다. 사귀던 연인의 호감도가 갑자기 이유 없이 떨어졌다며 앱 개발사를 상대로 단체로 고소한 것이다. 폭발적인 관심 속에서 소송은 돌연 취하되고 소송인들은 SNS에 사과문을 올렸다. 그로 인해 호감도 앱의 신뢰도는 더욱 높아졌다. 앱은 정확했고 변한 것은 사람의 마음이었다. 그 외에도 호감도 앱과 관련한 이런저런 크고 작은 사건과 사고가 연이었다. 그럴수록 앱은 인기를 끌었다. 당연했다. 보이지도 않고 만질 수도 없는 모호한 마음보다 숫자는 정확하고 명료하며 그러므로 믿을 수 있었다.

혹시 녹용도? 선생님을 흠모하거나 애인의 변심에 복수의 칼날을 갈 타입은 아닌 듯하지만 사람 속은 또 모르니까. 무심하게 물어보는 거다. 실례가 안 된다면 호감도 앱을 쓰지 않는 이유를 들을 수 있을까? 이 정도면 되려나. 대답해 줄까? 아니면 무시하려나. 자신 있게 무시하면 어쩌나. 그냥 모르는 척할까? 지금까지 그래 왔듯이. 호감도 앱을 쓰지 않는다고 딱히 피해를 주는 것도 아니니까. 그런데 빨지 않고 입은 체육복처럼 어째 찝찝하다. 어차피 녹용은 다른 사람의 호감 따위 관심 없는데 뭐, 하며 곁눈으로 살짝 보니 어라, 녹용은 자고 있었다. 절묘한 고개의 각도라든가 진지한 목덜미에 깜빡 속을 뻔했다. 어찌나 자연스러운지 분명 한두 번 자 본 솜씨가 아니었다. 손지에게 얘기해 줘야지, 하고 앱을 끄려다 깜짝 놀랐다. 숫자가 바뀌었다.

83퍼센트. 손지와의 호감도가 1퍼센트 또 떨어졌다. 말도 안 돼. 새로 고침을 했다. 마찬가지였다. 말도 안 돼. 어째서. 아무것도 안 했는데. 절망스러운 마음으로 고개를 들자 동그란 뒤통수가 보였다. 여전히 15도 비스듬히 기울어져 있었다.

"그러게, 이상하네."

손지가 코를 찡긋하며 휴대폰을 들여다봤다. 손지의 앱에도 어김없이 83이란 숫자가 떠 있었다.

"자주 바뀌잖아. 다시 올라가겠지."

그건 그랬다. 손지가 시큰둥하니 또 그런가 싶었다. 하지만 이상했다. 하루 이틀 사이로 오르락내리락하는 숫자에 더 조바심 낸 쪽은 손지였다. 호감도가 1퍼센트 올라가면 우리는 축하하기 위해 민트초코 아이스크림을 사 먹었고 1퍼센트 내려가면 속상해서 떡볶이로 서로를 위로했다. 89퍼센트를 찍었을 때는 작은 케이크를 사서 초까지 꽂고 기뻐했다.

호감도 89퍼센트를 찍은 건 손지와 같이 앉고 한 달이 흘러 자리를 바꾸는 날이었다. 손지는 앞에서 두 번째 줄 문가 자리, 나는 뒤에서 세 번째 줄 창가 자리로 옮겨 앉았다. 자리 배정 앱으로 정해졌으므로 공평성에 이의를 제기할 수는 없었지만 저마다 불만은 조금씩 있었다. 손지는 문가도 앞자리도 싫다고 투덜거렸고 나는 손지와 떨어져서 싫었다. 쉬는 시간에 보니 손지는 새로 짝이 된 민영과 웃으며 얘기하고 있었다.

나와 짝이 됐을 때도 손지는 먼저 말을 걸었다. 필통 예쁘다. 까만 고양이가 그려진 내 필통을 눈으로 가리키며 턱을 괴고 볼살이 살짝 눌린 채로 손지가 말했을 때 나는 조금 쑥스럽고 설렜다. 손지가 칭찬한 건 필통이었지만 내가 칭찬받은 기분이었다. 내 취향과 안목을 인정해 준 거니 거의 비슷한 셈이었다. 나는 살짝 호감도 앱을 확인했다. 73퍼센트. 갑자기 심장이 덜컹했다. 아니, 쿠웅이었나. 50퍼센트만 넘어도 친구가 될 확률이 높았다. 73퍼센트면 절친도 가능했다.

　한 달 사이 우리의 호감도는 85퍼센트까지 올라갔다. 손지와 나는 늘 붙어 다니고 아무것도 아닌 얘기들을 나누며 웃었다. 하지만 나는 우리가 절친인지 아닌지 헷갈렸다. 손지는 친구가 많았고 나는 절친 같은 건 한 번도 없었기 때문이다. 자리가 바뀌면 손지와 아무것도 아닌 사이가 되리라 생각했다. 나는 대체로 안 좋은 쪽으로 생각하는 경향이 있다. 최악의 상황을 쿠션으로 깔아 두면 진짜 떨어졌을 때 충격이 덜하리라는 계산이었다. 하지만 쿠션이 크게 도움이 되진 않았다. 새로 짝이 된 애와 함께 점심을 먹을지 눈치를 보고 매점도 나 혼자 가게 되리라고 생각하니 좀 쓸쓸해졌다. 그런데 아니었다. 점심시간이 되자 손지가 내게 오더니 말했다. 빨리 가자, 배고파.

　굼벵이냐, 하며 손지가 내 손을 잡아끌었다. 우리는 손을 꼭 잡은 채로 복도를 달렸다. 정신없이 뛴 탓에 급식실에 도착했을 땐 심장이 터질 것 같았다. 가쁜 숨을 몰아쉬고 두근두근하며 슬쩍 앱을 켰다. 89퍼센트. 손지가 내 옆구리를 쿡 찌르더니 휴대폰을 보여 줬다. 우리는 89라는 숫자가 적힌 휴대폰을 나란히 하고 서로를 향해 막 웃었다. 앱 숫자가 틀렸다. 그때 내 마음은 100퍼센트, 아니 1000퍼센트, 10000퍼센트였다. 그게 두 달 전이었고 그 뒤로 우리의 호감도는 미세하게 오르내렸다.

　"손지야, 뭐 봐?"

"어어, 루나 언니들 신곡 뮤비. 진짜 멋지지 않아?"

손지가 휴대폰에서 눈을 떼지 않고 대답했다. 나도 함께 동영상을 봤다. 손지 말대로 멋졌다.

"그런데 너 루나 안 좋아하잖아."

"으응? 내가?"

손지가 코를 찡긋했다. 아, 내 말이 틀렸다. 손지는 루나를 좋아하지도 싫어하지도 않는다. 아무 관심이 없었다. 내가 아는 바로는 그랬다.

"아닌데. 좋아하는데."

"어, 언제부터?"

참 이상한 걸 묻는다는 표정으로 손지의 고개가 15도로 살짝 기울었다.

며칠 뒤 손지의 휴대폰에 못 보던 스트랩이 달려 있었다. 가느다란 스트랩 끝에 작은 은색 초승달이 달랑거리며 반짝였다. 나는 슬쩍 앱을 확인했다. 75퍼센트. 매일 떨어지고 있다. 이제 손지와 나는 호감도 숫자에 대해 얘기하지 않았다. 똑같은 스트랩이 유이의 휴대폰에도 달려 있다는 걸 나는 알았지만 그것에 대해서도 얘기하지 않았다.

도서관에서 녹용을 만났다. 아니, 발견했다. 창가 구석 자리, 녹용은 한 마리 거북이처럼 책상에 엎드려 삐죽삐죽한 머리카락이 살짝 덮은 목을 드러낸 채 잠들어 있었다. 다른 데로 가려다 맞은편에 앉았다. 구석 자리는 죄다 애들이 차지하고 있거니와 으슥하기로 이만한 데가 또 없었다. 점심시간에 도서관에 아이들이 꽤 많아서 놀랐다. 나는 신간 서가에서 골라 온 책을 펼쳤다. 녹용 앞에는 책이 없었다. 아예 자려고 작정하고 온 모양이었다.

얇아서 고른 책은 한 장 넘기기가 힘들었다. 눈이 자꾸 녹용에게 향했다. 녹용은 도서관에서도 참 잘 잤다. 의자에 반쯤 걸친 엉덩이라든가, 거북이처럼 둥그스름한 등, 팔 위에 자연스럽게 얹은 고개의 각도가 절묘했다. 한두 번 자 본 솜씨가 아니다. 점심은 먹고 자는 건가? 녹용은 누구랑 점심을 먹지? 그러고 보니 급식실에서 녹용을 본 기억이 없었다.

나는 여전히 손지와 함께 급식실에 가고 나란히 앉아 점심을 먹는다. 그리고 손지의 다른 쪽 옆에는 유이가 앉고 맞은편에는 유이와 친한 애들이 앉는다. 유이와 친한 애들은 손지와도 친했다. 밥 먹는 동안 우리 자리는 떠들썩하고 웃음소리가 자주 터진다. 매점에 들러 손지는 요즘 빠졌다는 복숭아 주스를 산다. 유이도 복숭아 주스다. 손지와 유이는 복숭아 주스를 빨대로 빨아 먹으며 지난밤 루나 언니들 방송 얘기를 나누느라 나란히 앞서 걸었다. 내가 손지에게 나, 화장실, 하고 말하면 손지는 따라오는 대신 응응, 갔다 와, 하고 웃었다. 지금쯤 손지는 유이와 머리를 맞대고 루나 언니들 영상을 보고 있을 것이다. 루나 언니들은 노래도 잘하고 멋있는 데다 웃기기도 참 웃겨서 푹 빠질 만하다. 그러니 내가 화장실이 아니라 매일 도서관에 가는 걸 손지는 전혀 눈치채지 못한다.

나는 이제 호감도 앱을 잘 보지 않는다. 거짓말이다. 숨 쉬는 것보다 자주 본다.

왜 좋아하는 마음은 멋대로 자라는 걸까. 마음이란 볼 수도 만질 수도 없는데 왜 사람을 송두리째 차지해서 뒤흔드는 걸까. 왜 서로의 마음은 같은 속도로 흐르지 않는 걸까. 왜 마음은 파도처럼 하얗게 밀려왔다 순식간에 물러나는 걸까. 마음이란 어쩌자고 그렇게 생겨 먹었을까.

녹용은 햇빛에 달궈진 모래 위, 한 마리 거북이처럼 잠들어 있었다. 그 모습이 너무도 평온해서 무심코 한참을 바라보게 됐다. 그러다 보니 갑자기 졸음이 몰려왔다. 요 며칠 잠을 설쳐 피곤하기도 했고. 나는 엎드려 팔을 베고 눈을 감았다. 아이들 떠드는 소리가 귓가에 파도 소리처럼 들렸다. 점심시간 끝나는 종이 울리고서야 잠에서 깼다. 맞은편에서 고개를 든 녹용과 눈이 마주쳤다. 뒤집힌 거북이 같은 표정이었다.

그렇게 녹용과 나는 마주 앉아 책상과 햇볕을 함께 나누며 잤다. 가끔은 녹용이 잠든 모습을 멍하니 바라보기도 했다. 왜 그런지 몰라도 타닥타닥 타는 장작불이나 먼 수평선을 한참 바라보고 있는 느낌이랄까. 온몸이 나른해지고 모든 상념이 사라졌다.

"너는 참 잘 잔다."

어느 날 잠에서 깬 녹용에게 나도 모르게 말하고 말았다. 오해할까 봐 재빨리 덧붙였다.

"칭찬이야."

녹용은 거북이처럼 눈을 끔뻑끔뻑하더니 느릿느릿 입을 열었다.

"김점배 땜에."

"김점배?"

녹용이 별안간 내게 휴대폰을 쓱 내밀었다. 화면을 밝히자 고양이가 나타났다. 전체적으로 까맣고 주둥이 부분만 하얀데 눈은 맑은 호박색. 자세히 보니 연분홍 코 옆에 작은 점이 있었다. 귀엽다, 소리가 저절로 나왔다. 진짜 말도 못 하게 귀여웠다. 녹용의 입가가 슬며시 올라갔다. 미소인지 아닌지 아리송했다.

"근데 김점배가 왜?"

"으응, 김점배가 밤에 잠을 통 못 자서."

"불면증?"

깊은 밤에 잠은 안 자고 '우다다'를 하다가, 자려고 누운 녹용의 침대로 올라와 놀아 달라고 냐아, 냐아, 떼쓰는 김점배를 상상해 봤다. 그것 참 흐뭇한 모습이었다.

나는 아주 오래전부터 고양이를 키우고 싶었다. 엄마를 졸랐으나 절대 금지, 정 키우고 싶으면 독립해서 키우라는 매정한 대답만 돌아왔다. 그래도 혹시나 해서 편의점에서 산 닭가

습살을 가방에 넣고 다닌다. 길에서 만난 고양이와 친해지고 싶어서 따라간 적도 여러 번이었다. 유튜브로 귀여운 고양이들을 보고 또 보며 나도 혹시 간택이라는 걸 당하지 않을까, 하는 상상만으로도 설레서 엄마 몰래 방 안에 숨겨 두고 키울 방법까지 열심히 궁리해 보곤 했다. 고양이는 다 귀엽지만 그래도 특히 눈이 가고 마음이 기우는 이상형은 여름밤처럼 온몸이 까맣고 눈이 노란 별처럼 반짝이는 고양이였다.

"혹시 김점배가 무릎에 올라앉아 꾹꾹이도 막 해 주고 그래?"

"그렇지 뭐. 아무래도 고양이니까."

그러더니 어라, 녹용이 배시시 웃었다. 부러워서 눈물이 찔끔 나왔다.

"예전에는 그랬는데."

어쩐지 한 많은 거북이 같은 촉촉한 눈으로 녹용이 말했다.

녹용은 김점배의 나이를 정확히 모른다. 녹용이 열 살 때부터 7년을 함께 살았다. 김점배는 어느 추운 겨울날 녹용의 집으로 찾아와 눌러앉았다.

그날 녹용의 집 현관문 밖에서 애타게 우는 소리가 났다. 엄마가 뭔가 싶어 문을 열자 고양이 한 마리가 망설이는 기색도 없이 들어와 제집인 양 소파를 턱 차지하고는 그대로 잠들어 버렸다. 태평스럽게 코까지 골았다. 털이 깨끗하고 사람 무서운 줄도 모르는 게 아무래도 집에서 살던 고양이 같았다. 너,

집 몇 동 몇 호야? 엄마가 물으니 고양이는 냐아, 하더니 다짜고짜 녹용의 품으로 파고들었다. 얼떨결에 난생처음 고양이를 안아 본 녹용은 심장이 터질 듯하고 어질어질했다. 귀여운 털북숭이에게 단숨에 마음을 빼앗겨 버렸다. 하지만 어쩌다 집을 나왔는지는 몰라도 지금쯤 반려인이 애타게 찾고 있으리라 생각됐다. 수소문하니 녹용의 가족이 새로 이사한 집에 전에 살던 주인이 키우던 고양이였다. 이사하는 통에 놓쳤구나 싶어 경비실을 통해 연락했지만 찾으러 오지 않았다.

고양이는 점배란 이름으로 녹용의 집에 살게 되었다. 성은 녹용의 엄마 쪽을 따랐다. 동물 병원에 데려가니 의사 선생님 말로는 대여섯 살쯤이라고 했다. 그러니까 현재 김점배의 나이는 열두어 살쯤으로 추정되지만 더 많을지도 모른다.

김점배는 밥을 잘 먹고 가끔 더 달라고 보채기도 하고 발라당 누워 배를 드러낸 채 애교를 부리기도 하며 집안의 사랑을 독차지했다. 엄마에게 간식을 조르고 아빠에게 놀아 달라고 하면서도 잠은 꼭 녹용 옆에서 잤다. 그렇게 작은 고양이는 모두에게 마음을 나누어 주었다.

녹용에게 김점배는 작은 동생이자 아기이고 친구였다. 녹용은 기쁜 일이 생기면 김점배에게 자랑하고 속상한 일을 겪으면 김점배를 안고 쓰다듬었다. 그러다 보면 슬픈 마음이 작고 까만 털 공이 되었다. 아무 말도 안 했지만 작은 고양이는 참 따뜻하고 보드라워서 안고 있는 것만으로도 녹용의 마음은 말랑말랑해졌다. 녹용은 김점배의 털로 만든 공을 상자에 소중히 보관하고 있다. 수염과 발톱도 물론 간직했다.

김점배는 작년 겨울부터 갑자기 우는 일이 잦고 쉬이 잠들지 못했다. 생전 안 하던 배변 실수까지 했다. 검사 결과 인지 저하증이었다. 낮에는 재택근무를 신청한 녹용의 엄마가 김점배를 돌본다. 김점배는 종종 엄마를 알아보지 못하고 달아나 숨거나 공격하기도 한다. 이따금 녹용을 몰라볼 때도 있다. 점배야, 누나야, 누나, 하고 부르면 아, 누나였지, 하는 얼굴로 녹용의 품에 안긴다. 김점배는 밤에 자지 않고 제자리를 맴돌거나 울면서 집 안을 돌아다닌다. 그럴 때면 녹용은 김점배를 안고 노래를 불러 재운다. 녹용은 밤새 김점배를 안은 채 깰까봐 움직이지 않으려 노력한다. 김점배가 깨서 울면 다시 노래를 부르며 쓰다듬고 토닥였다.

"무슨 노래?"

"으응?"

"김점배는 무슨 노래를 좋아해?"

"엄마가 섬 그늘에 굴 따러 가면, 그 노래를 참 좋아한다. 울다가도 노래 불러 주면 가만히 듣고 있다 잔다."

녹용이 조용히 웃었다. 고양이를 품에 안은 자만이 지을 수 있는 미소였다.

나는 깜깜한 밤에 김점배를 안고 엄마가 섬 그늘에 굴 따러 가면, 하고 노래 부르는 녹용을 떠올려 봤다. 문밖에 휘잉휘잉

비바람이 불고 거센 파도가 몰아쳐도 서로를 꼭 껴안은 둘은 달걀을 덮은 오므라이스처럼 다정하고 포근포근할 것 같다.

"엄마가 섬 그늘에 굴 따러 가면, 다음에 뭐지?"

녹용은 또 거북이처럼 눈을 끔벅이며 뭐더라, 하더니 작은 목소리로 노래했다.

아기는 혼자 남아 집을 보오다가 파도가 불러 주는 자아장 노래에 팔 베고 스르르 잠이 드웁니다, 노래하는 녹용이 나는 좀 웃기기도 하고 그런데 어쩐지 눈물이 날 것 같았다. 나는 눈을 비비며 김점배가 밤에 푹 잠들기를, 츄르를 백 개 먹는 좋은 꿈을 꾸기를 바랐다.

나는 매일 점심시간이면 바나나 맛 우유를 두 개 사서 도서관으로 간다. 녹용과 나는 머리를 맞대고 두 마리 거북이처럼 자고 일어나 바나나 맛 우유를 마시며 나란히 교실로 돌아간다. 김점배는 여전히 밤에 울고 녹용은 엄마가 섬 그늘에 굴 따러 가면, 하고 노래 불러 준다. 김점배는 아직 녹용을 잊지 않았고, 녹용에게 김점배는 여전히 동생이고 아기이고 친구다.

자리가 바뀌어 녹용과 나는 떨어져 앉게 되었으나 우리는 하루도 거르지 않고 김점배에 대해 이야기하고 다른 것에 대해서도 좀 대화했다. 녹용은 시금치를 좋아하고 민트초코 아이스크림은 별로 좋아하지 않았다. 한번은 학교 끝나고 함께 편의점에 들러 녹용이 내게 민트초코 아이스크림을 사 주고 제 몫으로 산 곰 모양 젤리를 나눠 줬다. 나는 젤리를 좋아하지 않지만 민트초코 아이스크림 한 입, 젤리 하나 번갈아 먹으니 이게 웬일인지 찰떡궁합이었다. 말랑말랑하고 달콤한 젤리를 살살 입안에서 굴리며 나는 언젠가 함께 살게 될 눈이 별처럼 빛나고 여름밤처럼 까만 고양이에 대해 얘기했다.

"이름은 뭐야?"

녹용이 젤리를 우물거리며 물었다.

"후보가 너무 많아."

아하, 하고 녹용이 감탄인지 한숨인지 모를 소리를 냈다.

"순이라고 할까 해."

며칠 뒤 나는 녹용에게 말했다.

"예쁘다."

녹용이 배시시 웃었다.

"김점배랑도 어울린다."

녹용이 알아줘서 나는 슬며시 기뻤다. 이상하게 심장이 두근거렸다. 그때 부드러운 바람이 우리를 향해 가만히 불어왔다.

나는 녹용에게 왜 호감도 앱을 쓰지 않느냐고 묻지 않았다. 조금 궁금하기도 하지만 모르는 채여도 괜찮은 것 같다. 어쩌면 알 것도 같다. 녹용과 나의 호감도는 0퍼센트, 거북이의 걸음으로 파도를 향해 엉금엉금 가 보는 거다. 천천히 마음을 기울여.

"내가 동영상 하나 보내도 돼? 되게 귀여운 거북이들인데, 꼭 보라는 건 아니고 심심하거나 우울할 때 보면, 나는 기분이

쪼끔쪼끔 나아지거든?"

녹용이 그래, 하고 거북이처럼 벙긋 웃었다.

레몬 강아지,
초록 바람

"엄마는?"

나는 집에 돌아오자마자 물었다.

"아직."

창가 책상 앞에 앉아 있던 언니가 고개도 들지 않고 대답했다.

"아빠는?"

아무 대답도 없었다.

나도 안다. 지금쯤 기름 냄새가 풍겨야 할 부엌이 텅 빈 걸 보고 올라온 참이다. 부모님은 오늘 일을 쉬고 함께 외출했다. 처리해야 할 중요한 볼일이 있었다.

"왜 이렇게 늦지? 저번에는 일찍 왔잖아. 저녁 먹기 전에는 오겠지?"

입을 잠그기라도 했는지 언니는 대꾸도 안 했다. 수학 문제 푸는 데만 열심이다. 이런 상황에 수학 문제가 눈에 들어오느냐고 쏘아붙이려다 참고 언니 옆에 앉았다. 괜히 싸움이라도 일으키면 안 된다. 오늘 같은 날에는. 일은 잘 풀렸을까. 나는 창밖으로 고개를 돌렸다.

창 너머로 아빠가 엊그제 정성 들여 깎은 잔디가 내다보였다. 진녹색 사이로 새로 깐 하얀 타일이 울타리까지 이어졌다. 아빠는 타일을 옮기느라 땀을 뻘뻘 흘렸다. 엄마는 괜한 짓 말라고 하는 대신 아빠에게 시원한 물을 떠다 줬다. 야트막한 울타리를 따라 짙푸른 침엽수가 길게 그림자를 드리우고 있다.

나무의 이름은 '문그로우'(moon glow), 아빠가 알려 줬다. 달빛처럼 은은하게 빛난다고 붙여진 이름이라는구나. 아빠가 인터넷에서 검색한 내용을 나 어릴 적 동화책 읽어 주듯 읊었다. 아빠는 동화책 읽어 주는 데 별로 소질이 없었다. 깊은 밤 달 아래 서 있는 문그로우는 꼭 동화책에 나오는 크리스마스트리 같았다. 문그로우도, 하얀 눈도 나는 이곳에서 처음 보았다. 눈이 내렸을 때는 심장이 터지는 줄 알았다. 나는 아주 먼 곳에서 왔다.

내가 살던 곳은 1년 내내 무덥고 비라곤 딱 한 달만 내렸다. 우리 동네에서 제일 큰 나무는 마을 한가운데 서 있는 무화과나무였다. 얼마나 무성한지 넓게 뻗은 그늘 속에 마을 사람들이 다 앉을 수 있었다. 꼭대기에 달린 무화과는 마을에서 가장 날래고 용감한 주오 오빠만 딸 수 있었다. 하지만 사실 주오 오빠보다 나무를 잘 타는 건 우리 언니, 오사였다. 어느 밤, 언니는 메마른 바람 냄새를 풍기며 침대로 기어들어 와 나를 깨우고 원피스 자락에 가득 담아 온 것을 쏟아부었다. 진한 향이 물씬 풍겼다. 가장 높은 곳에서 볕을 듬뿍 받아, 탐스럽게 익은 무화과였다. 언니와 나는 이불 속에서 달콤한 즙을 줄줄 흘리며 무화과를 먹었다.

다음 날 마을은 발칵 뒤집혔다. 주오 오빠가 제일 당황했다. 자신의 날쌤과 용맹함을 보여 줄 기회가 사라졌기 때문이다. 그날 밤 일에 대해 죽을 때까지 비밀에 부치기로 언니와 나는 달빛 아래서 맹세했다. 이곳에서 무화과나무를 본 적은 없지만 마트에서 무화과를 발견했다. 마트에는 없는 것이 없다. 가격표를 보고 망설이는 엄마를 졸라 무화과를 샀다. 내가 알던 맛과 전혀 달랐다.

"언니, 오늘도 율리 결석했다."

나는 언니에게 말을 걸었다. 애가 타서 가만있을 수 없었다. 뭐라도 얘기하고 싶었다. 언니가 연필을 멈추지 않고 '그래?'라고만 했다.

언니는 요즘 어느 것에도 다 시큰둥했다. 밥도 깨작대고 나와 놀지도 않고 심지어 말수도 부쩍 줄었다. 전에는 달랐다. 우리는 뭐든 얘기했다. 싫은 애와 친해지고 싶은 반 친구, 아이돌 그룹 루나의 새 노래와 초능력을 감추고 사는 아이들이 나오는 드라마, 사고 싶어서 찜해 둔 옷과 이마에 난 뾰루지까지 별별 얘기를 다 나눴다. 남에게 쉽사리 할 수 없는 이야기들도 언니에게는 맘 놓고 했다. 그만 좀 떠들고 자라고 엄마가 한 소리 하면 우리는 이불을 뒤집어쓰고 킥킥 웃었다. 소곤소곤 속삭이다 누가 먼저인지 모르게 잠들었다. 물론 싸울 때는 맹렬하게 다투고 영원한 절교를 선언했지만 채 반나절을 넘기지 못했다.

다 옛날얘기다. 이제 언니에게 말 붙이기도 어렵다. 성적이라도 떨어진 걸까. 시험 점수 가지고 뭐라 하는 사람은 아무도 없지만 언니는 열심히 공부했다. 언니의 성적표를 보고 엄마와 아빠는 묘한 표정을 지었다. 분명 웃음을 억지로 참는 얼굴이었다. 칭찬은 하지 않았다. 우리가 살던 곳에서 칭찬은 타인에게 선행을 베풀었을 때만 받았다. 좋은 점수는 타인을 이롭게 한 행위는 아니니 칭찬받을 일은 아니다. 그 대신 엄마가 말했다. 대학에 갈 수도 있잖아, 여보? 그건 질문이라기보다 주문이었다. 우리 가족을 행복하게 만드는 주문. 우리가 살던 곳에서는 꿈도 꾸지 못할 일이었다. 꿈을 가진 얼굴이 꼭 잘 익은 무화과 속 같다는 걸, 나는 언니의 얼굴을 보고 알게 되었다.

일부러 부산스럽게 가방을 뒤져 책을 꺼냈다. 책장을 요란하게 넘기고 필통을 소리 내어 여닫았다. 언니는 아랑곳하지 않았다. 노트 위에 깔끔하게 써 내려가는 숫자와 기호 들이 어지럽게만 보였다.

갑자기 언니가 낯설었다. 나란히 앉아 있지만 언니는 멀리,

아주 멀리 있는 것 같다. 이런 이상한 기분을 누군가와 말하고 싶었다. 그걸 털어놓고 이해받을 수 있는 상대는 당연히 언니 뿐이지만 이젠 그럴 수 없다는 사실이 속상했다.

연필 끝을 잘근잘근 씹으며 곁눈으로 언니를 살폈다. 짙은 눈썹 사이는 고민이라도 있는 듯 찌푸려 있다. 꼭 다문 입술이 오늘따라 유독 고집스러워 보였다. 늦은 오후 햇살이 언니의 뺨을 엷은 호박색으로 물들이고 수그린 목덜미에 닿자 전구처럼 빛났다.

"언니, 그거 뭐야? 목에……."

"응?"

언니가 고개를 들었다.

그때 아래층에서 현관문 여닫는 소리가 났다.

나는 벌떡 일어나 부리나케 계단을 뛰어 내려갔다. 뒤에서 타다닥, 계단 밟는 소리가 났다.

부엌 식탁 의자에 아빠가 앉아 있었다. 아침에 말끔히 다려 입고 나간 셔츠는 후줄근해졌고 더운지 손수건으로 연신 얼굴을 닦았다. 꼭 우는 것처럼 보였다. 엄마는 냉장고 앞에 서 있었다. '뭘 꺼내려고 했지?' 하는 얼굴로 우두커니 냉장고 손잡이를 잡은 채였다. 열린 창으로 후텁지근한 바람이 불어 들었다. 아무도 말하지 않았지만 알 수 있었다. 일이 잘 풀리지 않았다. 나는 엄마에게 다가가 뒤에서 꼭 안았다.

엄마가 몸을 돌려 손으로 내 얼굴을 한번 어루만지더니 간신히 웃어 보였다.

"배고프지?"

나는 고개를 저었다. 지독히 허기진 사람은 엄마 같았다. 온몸의 수분이 다 빠져 빈 껍질만 남은 모습이다. 나는 냉장고에서 물병을 꺼내 물을 따라 엄마에게 내밀었다. 엄마가 물컵을 받다 놓쳤다. 미끄러진 컵이 떨어지며 사방에 물이 튀고 엄마의 치마를 적셨다. 다행히 컵은 깨지지 않았다. 나는 티슈로 젖은 치마를 닦았고 엄마는 그런 나를 멍하니 내려다보기만 했다.

"완전히 끝난 건 아니야. 우리에겐 아직 기회가 있어."

엄마가 얼룩진 치마를 천천히 쓸어내리며 중얼거렸다.

"서류가 몇 장 빠진 것뿐이야. 서류를 보충하면…… 다시 준비하면…… 그러면 되는 거야. 그렇지, 여보?"

엄마는 고개를 돌려 아빠를 향했다.

아빠는 말없이 일어나 마당으로 나갔다. 창밖으로 아빠가 잔디를 깎는 뒷모습이 보였다. 잔디는 사흘 전에 깎아서 깨끗했다. 아빠가 속상할 때면 잔디를 깎는다는 걸 우리는 알고 있었다. 떠나온 곳을 그리워하거나 걱정할 때도 아빠는 잔디를 깎았다. 엄마가 무너지듯 바닥에 주저앉았다. 언니가 계단을 오르는 소리가 삐걱삐걱 들렸다.

비명을 지르다 잠에서 깼다. 고함쳤지만 소리는 나지 않고 버둥거릴 따름이었다. 옆 침대에서 언니가 뒤척이는 기척이 들렸다. 언니도 악몽을 꾸고 있는 걸까. 커튼 사이로 스며든 달빛이 방 안을 푸르게 비췄다. 등이 축축했다. 잠옷을 갈아입고 싶지만 깊은 물 속에 가라앉은 듯 몸이 무거웠다. 어둡고 축축하고 두려운 꿈이었다.

타오라 잎이 악몽을 물리친다고 알려 준 건 내 할머니였다. 진녹색 바탕에 거미줄 같은 붉은 무늬가 새겨진 잎을 베개 아래에 두고 자면 악몽을 꾸게 만드는 신이 왔다가 무늬를 헤아리느라 제 할 일을 잊는다던가. 나는 왜 신이 악몽을 꾸게 하는지 물었다. 그게 바로 신이라고 할머니는 대답했다. 고통도 신의 뜻이며, 신의 뜻은 인간이 이해하기 어렵다. 같은 이유로 신은 인간에게 좋은 것도 준다고 했다. 그럼 나는 내 맘대로 살래, 어차피 신도 맘대로 하니까. 내 말에 할머니는 그래라, 하며 웃었다.

마을 사람들은 무슨 일이 생기면 할머니에게 와서 의논하곤 했다. 할머니는 모든 일에 다 답을 주지는 않았지만 조용히 들어 주고 함께 눈물 흘리거나 분노했다. 내가 밖에서 애들이랑 싸우고 들어오면 할머니는 일단 내 입에 달콤한 것을 넣어 주고 부채질을 해 주며 내가 씩씩대며 하는 얘기에 귀 기울였다. 그러다 보면 화는 슬그머니 가라앉고 졸음이 솔솔 왔다. 나는 할머니 무릎을 벤 채 잠이 들었고 부채질은 계속됐다.

나는 할머니가 좋았다. 그래서 종종 할머니에게 묻곤 했다.

내가 더 좋아, 언니가 더 좋아? 할머니의 대답은 언제나 똑같았다. 둘 다 별로다. 나는 히히 웃고 할머니도 웃었다. 할머니는 우리 모두 예뻐하지만 내 언니에 대해서는 더 각별한 마음을 품고 있었다. 언니가 젊었을 적 할머니를 빼닮았기 때문인지도 모른다. 할머니도 젊었을 때가 있었을까 싶지만 아빠 말에 의하면 그렇다. 할머니에게 재주 많은 손과 날랜 몸을 물려받은 언니는 산들바람처럼 걸어 다녔다.

할머니는 가뭄이 유독 심하던 해에 돌아가셨다. 우리가 떠나기 2년 전쯤이었다. 늘 자세가 꼿꼿하고 정정했던 할머니는 돌아가신 날도 그랬다. 평소처럼 저녁을 먹고 오랫동안 기도했다. 내가 안녕히 주무시라고 인사하자 할머니는 웃으며 내일 만나자, 하고 잠자리에 들었다. 할머니가 나와 한 약속을 어긴 건 그때가 처음이었다. 마치 잠든 듯한 얼굴로 떠난 할머니는 금방이라도 일어나 '놀랐지?' 하고 깔깔 웃을 것 같았다.

할머니는 마을 뒤 언덕에 묻혔다. 언니와 나는 매일 코코를 데리고 할머니의 무덤에 들렀다. 코코는 다리를 절뚝이며 우리 집으로 찾아온 강아지였다. 할머니는 코코가 신이 보내 주신 손님이라고 했다. 회갈색이던 개는 씻겨 놓고 보니 털이 레몬색이었다. 다리를 치료하고 밥을 먹이자 손님은 그대로 눌러앉아 가족이 되었다. 언니와 나는 '코코'라고 이름 짓고 동생 삼았다. 그리고 5년 넘게 함께 살았다. 코코는 늘 쏜살같이 달려가 무덤 앞에서 꼬리를 흔들었다. 코코도 할머니의 사랑을 듬뿍 받았다.

우리는 무덤가에서 노래를 불렀다. 할머니가 가르쳐 준 노래들이었다. 할머니는 누구보다도 노래를 많이 알았다. 옷을 기우며, 타오라 잎을 따며, 콩을 골라내며, 마당을 쓸며, 밖에서 놀다 넘어져 들어온 내 무릎에 으깬 약초를 발라 주며 노래를 흥얼거렸다. 제일 자주 부른 노래는 자장가였다. 할머니의 목소리는 탁하고 낮았으나 듣기 좋았다.

무덤가에 앉아 언니가 내 머리를 손으로 빗어 내린 뒤 땋아 주며 노래를 부르면 목덜미가 간질간질했다. 작은 새 한 마리가 울던 날, 긴긴 장마가 끝나고 초록 바람이 불어온다는 노래를 언니가 부드러운 목소리로 시작하면 코코가 우어어어 따라 불렀다. 얼마 지나지 않은 일인데 꿈같기만 하다. 이제 할머니의 무덤은 아무도 찾지 않고 언니는 노래하지 않는다.

찾아오지 않는 우리를 할머니는 궁금해할까, 걱정할까. 우리 가족은 할머니에게 마지막 인사도 하지 못하고 다급히 떠나왔다. 달도 없는 밤에, 내 동생 코코를 침대 아래 남겨 둔 채. 코코는 집을 떠나는 우리를 향해 슬피 울었다. 기다려,라는 아빠의 명령에 코코는 끙끙대기만 할 뿐 꼼짝하지 않았다. 검은 밤을 달리며 나는 슬프고 두려워 울었다. 앞만 보며 달렸다. 뒤돌아보면 그대로 코코에게 달려가게 될 것 같았다. 악몽이 우리를 쫓아 이곳까지 따라왔다.

이곳에 타오라 잎은 없다. 어쩌면 있을지도 모른다. 무화과가 여기에도 있는 것처럼. 하지만 아직 보지 못했다. 이곳에 산 지 이제 2년째다. 나는 처음으로 눈을 봤고 두툼한 점퍼를 입어 보았다. 털장갑과 장화, 그리고 봄과 가을도 처음이었다. 여름은 내가 살던 곳의 온도와 가깝지만 그 외에는 전혀 딴판이다. 율리는 이곳의 여름이 솜사탕 같다고 했다. 놀이공원에서 아빠가 사 줬던 솜사탕처럼 입에 넣으면 스르르 녹아 사라져 희미하게 단맛이 남는, 너무 좋아서 믿을 수 없는 꿈처럼 몽실몽실한 것. 율리는 어째서인지 좋은 꿈은 선명히 기억나지 않는다고 했다.

얼굴이 동글동글하고 뺨이 사과처럼 붉은 율리. 바람에 떨어진 어린 무화과 열매가 도르르 구르는 듯 말하는 율리. 율리는 여기서 처음 사귄 친구다. 우리 가족은 배를 타고 이곳에 왔는데 율리는 걸어서 왔다. 율리가 살던 곳은 혹독한 추위가 이어져 두어 달을 빼고는 눈과 얼음에 덮여 있다고 했다. 율리의 나라는 국경을 마주한 이웃 나라의 공격으로 길고 긴 전쟁 중이다. 율리의 아빠는 참새 한 마리도 쏴 본 적 없었지만 군대에 지원해 전쟁터로 떠났다.

국경을 넘는 긴 행렬을 따라 율리의 엄마와 이모, 그리고 세 동생이 이곳에 도착하는 데 석 달이 걸렸다. 엄마와 이모 등에 하나씩 업혀 왔던 쌍둥이 동생들은 어느새 뛰어다닌다. 율리의 나라는 여전히 전쟁 중이고 아빠의 소식은 모른다. 율리는 아빠 사진을 넣은 펜던트를 목에 걸고 다닌다.

비밀인데, 하고 율리가 내게 털어놓은 수많은 이야기 중 하나는 간혹 아빠를 까맣게 잊고 너무 즐거워했음을 깨닫는 순간 소스라치게 놀라 아빠 사진을 본다는 것이었다. 나는 코코를 떠올리면 언제든 눈물을 흘릴 수 있다고 율리에게 말해 줬다. 그 이야기를 하면서도 나는 울먹였고 우리는 껴안고 울었다.

우리는 보자마자 서로를 알아보았다. 두려움과 슬픔과 외로움이 율리의 눈동자에 비쳐 있었다. 내가 늘 거울에서 보던 눈빛이었다.

우리는 줄기차게 붙어 다니며 종일 떠들었다. 지금 생각해 보면 참 이상한 일이었다. 율리와 나의 언어는 달랐고 우리 둘의 언어는 반 아이들과도 달랐다. 그런데도 서로 말이 안 통한 적이 없었다. 얼마 뒤에 우리 둘 다 이곳의 언어를 익혀 말할 수 있게 됐다. 선생님과 반 아이들의 말을 이해하고 숙제를 제대로 할 수 있게 되었지만 율리와 나는 변함없이 단짝이다. 둘 사이에 오가는 언어가 하나 더 늘었을 뿐이었다. 율리가 보고 싶다.

율리를 보지 못한 지 한 달이 넘었다. 학교에 마지막으로 온 날, 율리는 눈 아래 양쪽 뺨에 미키 마우스가 그려진 반창고를 붙이고 있었다. 약간 비스듬한 대칭이었다. 무시무시한 악당 같다는 내 말에 율리가 킥킥 웃었다.

하지만 나는 알고 있었다. 반창고로 가린 게 모기에 물린 자국이나 고양이 발톱에 긁혀 난 상처가 아니라는 걸. 매일 얼굴을 들여다보는데 모를 리 없었다. 설마 했는데 진짜였다. 그런 아이들이 있다는 소문이 돌았지만 직접 보기는 처음이었다. 율리의 얼굴에 녹색 반점이 생겼다. 들은 바에 의하면 그게 시작이었다.

나는 곰곰이 떠올려 봤다. 수학 문제를 푸느라 고개 숙인 언니의 모습, 양 갈래로 땋은 머리 아래로 드러난 목, 창으로 비친 햇살이 닿아 환하게 빛나던 곳. 언니의 목덜미에 분명 있었다. 아무래도 그건 초록 반점이었다.

엄마가 아침부터 바나나 빵을 두 판이나 구웠다. 율리네 집에 가지고 간다고 했다. 엄마의 바나나 빵은 최고다. 나는 아파서 입맛이 없을 때도 바나나 빵이라면 한 판을 다 먹었다. 바나나 빵은 할머니의 레시피로 만들었다. 푹 익은 바나나를 통째로 넣고 시나몬과 양귀비 씨앗을 반죽에 섞는다. 할머니의 비법은 여기에 '살루'라는 열매의 씨앗을 갈아 넣는 것인데, 그러면 기가 막힌 냄새를 풍긴다. 이곳에서 엄마는 살루를 구하지 못했다. 마트든 시장이든 살루를 파는 데가 안 보였다. 살루가 뭔지 아는 사람조차 없었다. 살루를 넣지 않은 바나나 빵은 진짜 바나나 빵 같지 않지만 별수 없었다.

초인종을 누르자 율리의 동생, 우루가 문을 열어 줬다. 동그란 얼굴과 붉은 뺨. 율리의 가족은 신기할 정도로 서로 닮았다. 율리가 어른이 된 모습을 짐작하기란 어렵지 않다. 혈색 좋은

얼굴에 모든 근육을 움직여 환하게 웃을 것이다. 율리의 엄마
가 그렇듯이. 하지만 오랜만에 본 율리의 엄마는 눈이 퀭하고
광대뼈가 솟아 전혀 다른 사람처럼 보였다. 머리도 빗지 않고
부스스한 채로 침대에 누워 있다 힘겹게 일어나 앉았다.

"이럴 때일수록 잘 먹어야죠. 힘을 내야 율리를 돌볼 수 있
잖아요."

엄마의 말에 율리의 엄마가 흐느꼈다. 엄마는 율리 엄마의
손을 잡고 등을 가만히 토닥여 주며 내게 나가 보라는 눈짓을
보냈다. 닫힌 문 사이로 구슬픈 울음소리가 새어 나왔다.

거실에 율리의 동생들이 모여 있었다. 율리의 이모가 차를
끓이고 엄마의 바나나 빵을 잘라 내놓자 쌍둥이 남동생들은
한 조각 맛보더니 서로 더 먹겠다고 다퉜다. 우루는 먹지 않고
동생들을 지켜보기만 했다.

"율리는?"

나는 율리의 방문을 힐끗 보며 작은 목소리로 우루에게 물
었다. 비밀 얘기도 아닌데 이상하게 소곤소곤 말하게 됐다. 우
루는 대답 대신 손톱만 잘근잘근 씹었다. 손톱은 너무 짧아 빨
간 속살이 드러나 보였다.

지난 한 달 동안 나는 율리를 보러 왔었다. 처음에는 매일,
그러다 사흘에 한 번, 나중에는 일주일에 한 번이 됐다. 율리를
볼 수 있다면 매일 왔을 것이다. 율리는 종일 누워 잔다고 율
리의 엄마가 말했다.

짐작대로였다. 소문에 의하면 다른 아이들도 그랬다. 처음엔 얼굴에 녹색 반점이 하나둘 생기다가 어느 날 갑자기 침대에서 일어나지 않는다고 한다. 밤이고 낮이고 깨지 않고 계속 잔다. 열도 나지 않고 어디 딱히 아픈 데는 없다. 병원에 데려가도 의사 역시 고개만 저을 따름이다. 혈압도 맥박도 정상이고 의식도 있다. 단지 깊게 잠들 뿐이다. 몸의 반점은 식중독이나 알레르기 반응일지도 모른다고 한다. 모든 게 단지 추측이었다.

혹시 모르잖니, 율리가 일어나면 그때 보러 와라, 무나야. 내게 말하는 율리 엄마의 목소리는 다정했고 표정은 어두웠다. 율리는 격리되었다. 전염병일지도 모른다는 소문 때문이었다. 율리의 방을 드나드는 사람은 율리의 엄마뿐이었다. 어른은 감염되지 않는다는 또 다른 소문이 이어졌다. 나는 옆 반 이녕에게 들은 얘기를 해 주고 싶었지만 꺼내지 못했다. 텅 빈 율리 엄마의 눈은 나를 바라보지만 아무것도 보지 않고 무엇도 듣지 못하는 것 같았다.

옆 반 이녕의 동생도 율리처럼 잠에서 깨어나지 않았다. 하지만 이녕의 가족은 혼자 두면 동생이 무서워할까 봐 늘 교대로 곁을 지킨다고 했다. 이녕은 동생 옆에서 숙제를 하고 유튜브를 보다 재미있는 동영상은 동생에게도 보여 줬다. 아이스크림을 먹으며 동생 입에도 떠 넣어 준다. 잠든 동생과 함께 있었지만 이녕에게는 아무런 증상도 없었다. 이녕도 율리와 나처럼 먼 곳에서 왔다. 걷다가 길에서 잠을 자며 산을 넘고 물을 건너서 3년 전 이곳에 도착했다. 이녕의 동생은 6개월째 자고 있다.

잠든 동안 녹색 반점은 서서히 몸 전체로 퍼지며 연해졌다. 마치 물에 떨어뜨린 물감이 주변을 서서히 물들이듯이. 온몸이 희미한 녹색이 된 채로 깨지 않는 길고 긴 잠을 잤다. 그런 애들에 관한 소문이 조용히 입에서 입으로 전해졌다. 한둘이 아니었다. 하지만 TV나 인터넷 뉴스 어디에도 그 애들의 존재는 드러나지 않았다. 비밀로 했기 때문이다. 여기서 살기 위해서는 눈에 띄지 않는 편이 좋았다. 이곳에 있지만 없어야 했다. 우리는 물에 푼 물감과 같았다.

율리를 보지 못해도 나는 율리의 집에 종종 들렀다. 때로는 율리의 쌍둥이 동생들과 놀기도 했다. 총싸움을 좋아하는 쌍둥이들은 늘 나를 이웃 나라 군인으로 삼았다. 쌍둥이가 총을 들고 따다다다 쏘면 그 자리에 픽 쓰러져 죽는 시늉을 하는 게 놀이의 규칙이었다. 하루에 백 번 넘게 죽은 날도 있었다. 죽은 척하며 누워 있는 와중에도 율리의 방 쪽으로 귀와 눈을 두었다. 언젠가 율리가 잠에서 깨어나 걸어 나오길 기다리며.

엄마가 율리 엄마를 부축해 방에서 나왔다. 두 사람은 율리의 방 쪽으로 갔다. 내가 뒤따라가자 엄마는 돌아보고 고개를 저었다. 문이 열린 순간 방 안이 살짝 드러났지만 율리는 보이지 않았다. 방문이 닫히고 나는 문 앞에서 기다렸다. 속삭이고 흐느끼는 소리가 들려왔다. 율리의 목소리는 없었다.

잠시 뒤 나온 사람은 엄마 혼자였다. 엄마가 손수건으로 코를 풀고 이제 집에 가자고 했다.

"율리는 어때?"

집에서 나오자마자 엄마에게 물었다. 엄마는 허둥지둥 앞서 걸었다. 마치 누가 뒤에서 쫓아오듯이. 나는 엄마 손을 잡았다.

"엄마?"

엄마는 깜짝 놀란 얼굴로 걸음을 멈췄다.

"어, 내 가방. 가방 어딨지?"

그러고 보니 엄마가 들고 갔던 작은 가방이 안 보였다. 율리네 집에 두고 온 모양이었다.

"내가 가서 가져올까?"

엄마는 잠시 뒤돌아보더니 이내 고개를 저었다.

"중요한 건 안 들었어. 나중에 가지러 가자. 아빠가 기다릴 거야."

엄마가 걸음을 재촉했다.

"엄마, 율리는?"

엄마가 손수건으로 눈가를 닦고 내 손을 꼭 잡았다.

"하늘도 무심하시지. 이게 다 무슨 일이라니."

엄마는 눈, 코, 입이 닳아 없어질 정도로 내 얼굴을 쓰다듬고 쓰다듬다 나를 꼭 껴안고 울었다.

하늘은 청량하게 푸르고 여름의 태양이 찬란하게 빛났다. 너무 아름다워서 거짓말처럼 느껴졌다. 태양 빛이 눈을 찔러

나는 눈물이 조금 났다.

　우리는 잘 차려입으려고 애썼다. 비싼 옷은 아니지만 단정하게 보이고 싶었다. 다림질한 셔츠를 입은 아빠는 넥타이까지 매고 구두를 윤이 나도록 닦았다. 머리를 곱게 빗은 엄마는 언니와 내 머리도 정성 들여 땋아 줬다.

　근처 정류장에서 버스를 탔다. 이른 아침이라 거의 텅 비어 있었다. 엄마와 아빠가 함께 앉고 그 뒤로 언니와 내가 나란히 앉았다. 버스가 달리고 나는 차창 밖을 내다보았다. 공원을 지나자 산책하는 사람들이 보였다. 코코다. 그럴 리 없다. 잘 알면서도 코코를 닮은 레몬색 강아지를 보느라 고개를 돌렸다. 강아지도 공원도 재빨리 뒤로 멀어져 갔다.

　언니와 나는 자주 공원에 갔다. 작은 야외 수영장이 있어 여름이면 종일 아이들이 물장구를 쳤다. 그 옆으로 유아차를 미는 아빠들, 강아지와 산책하는 사람들이 오솔길을 오갔다. 언니와 나는 코코를 닮은 강아지가 보이면 신나서 흔드는 동그란 궁둥이를 뒤따라 걸었다. 언젠가 강아지와 함께 살게 될지도 모르지만 침대 아래 두고 떠나는 일은 다시는 하지 않겠다고 생각했다.

　공원은 짙푸른 침엽수가 빽빽한 숲으로 이어졌다. 숲으로, 더 깊은 숲으로 걸어 들어가면 세상에는 언니와 나, 우리 둘뿐인 기분이 들었다. 숲은 낮인데도 어둑하고, 무성한 나뭇가지 사이로 빛이 스며들어 초록 이끼와 붉은 독버섯이 환하게 빛나면 마치 크리스마스 같았다. 작은 전구가 반짝이며 불을 밝히고, 맛있는 음식 냄새와 훈기와 웃음이 집 안 가득한 날. 이곳 사람들은 크리스마스에 눈이 오길 간절히 바란다. 나는 그 이유를 모르지만 창밖으로 내리는 눈이 예쁘긴 했다. 그런 이야기를 나누며 언니와 나는 웃었다. 아무것도 아닌 말에도 우리는 서로의 등을 두들기며 웃었다. 웃다가 소스라치게 놀라 펜던트를 쓰다듬는 율리가 떠올랐지만 언니에게는 얘기하지 않았다. 우리는 어떤 것에 관해서는 결코 말하지 않았다.

한번은 침엽수 아래 인적 드문 길을 걷다 뒤에서 우리를 따라오는 발소리를 들었다. 언니는 얼굴이 창백해져 그 자리에 우뚝 멈춰 움직이지 못했다. 잠시 뒤 수풀 사이로 달아나는 사슴을 보고 언니와 나는 소리 높여 웃었다. 바보처럼 사슴에 놀랐다고 서로를 놀리며 웃느라 눈물까지 찔끔 났다. 우리가 웃는 소리가 나무에 부딪혀 푸르게 울렸다.

버스가 가지런히 늘어선 침엽수 아래로 달렸다. 마치 터널을 지나는 것 같았다. 어두운 차창에 언니 얼굴이 비쳤다. 딱딱하게 굳어 있었다. 나는 차창을 살며시 열었다. 열린 틈 사이로 바람이 불어 들었다. 오늘은 우리에게 매우 중요한 날이다.

멋이라고는 전혀 없는 밋밋한 회색 건물로 들어섰다. 차가운 시멘트 바닥, 계단, 복도와 복도, 숫자가 적힌 문들, 그리고 또 계단. 부모님은 거침없이 앞서 걸었다. 부모님은 이전에 이곳을 방문한 적 있었고 그때마다 다시 오지 않길 바랐다. 이 건물에 오는 사람은 다 같은 마음일 것이다. 사람들이 길게 줄 선 방 앞에서 멈췄다. 감청색 정장을 입은 여자가 다가와 부모님과 반갑게 인사를 나눴다. 우리의 변호사 르네였다.

"부모님께 들었겠지만."

르네가 언니에게 말했다.

"힘든 일인 줄 알지만 지금 상황에선 무엇보다 오사의 진술이 중요해요. 잘할 수 있죠?"

언니는 긴장한 얼굴로 고개를 끄덕였다.

우리는 오늘 난민 허가 심사를 받는다. 앞선 두 번의 심사에서 탈락했고 이번이 마지막 기회였다. 예정보다 30분쯤 지나 사무실로 들어갔다. 방 가운데 커다란 책상 앞에 이민국 심사관이 앉아 있었다. 우리는 책상과 거리를 두고 놓인 의자에 앉았다.

심사관은 르네가 건넨 서류를 넘겨 보았다. 우리 가족은 왠지 잘못을 저질러 선생님에게 불려 나간 아이들 같다. 학교에 처음 갔을 때 나는 선생님이 무서웠다. 무슨 소리를 하는지 하나도 알아들을 수 없었기 때문이다. 나를 바보로 여길까 두려웠다. 나는 바보가 아니다. 하지만 이곳 사람들은 몰랐다. 알려고 하지도 않았다. 내가 바보든 아니든 그들에겐 아무 상관 없었다.

나는 주먹을 쥐어 무릎을 꽉 눌렀다. 다리가 계속 부들부들 떨렸다. 서류를 훑어본 심사관은 변호사와 몇 마디 나누었고 르네는 오사가 진술할 거라고 말했다.

언니가 자리에서 일어났다. 얼굴은 창백하고 입가에 미세하게 경련이 일었다. 나는 언니의 손을 잡아 주고 싶었지만 그래도 될지 몰랐다. 마침내 언니가 입을 열었다. 갈라진 목소리가 새어 나왔다. 언니는 목소리를 가다듬고 이야기하기 시작했다. 온몸의 피가 맹렬하게 머리로 몰려드는 것 같다. 현기증이 인다. 언니의 목소리가 아득하게 들렸다. 미칠 듯이 졸음이 밀려온다. 어젯밤 잠을 설친 탓이다. 이대로 잠들고 싶다. 꿈을 꾼다면 분명 악몽일 것이다.

우리 마을에서는 여자들이 일찍 결혼했다. 열세 살쯤이면 혼처가 정해졌고 결혼하기 전에 신랑의 집에 가서 사는 경우도 흔했다. 늦어도 열다섯 살 이전에는 다들 결혼했다. 엄마는 달랐다. 엄마와 아빠는 한동네에서 태어난 동갑내기 친구였다. 어릴 적 둘이 같이 놀면 주위 어른들이 커서 결혼하라고 놀리곤 했다. 엄마가 부아가 나서 씩씩대면 아빠는 무화과를 따다 주며 달랬다. 늘 크고 탐스러운 무화과였고 어느 날부터 엄마는 아빠를 볼 때마다 얼굴을 살짝 붉히며 웃었다. 엄마와 아빠는 열다섯 살에 약혼하고 2년 뒤에 결혼했다. 엄마가 그러길 원했고 아빠는 기다렸다. 그 때문에 2년 동안 동네 사람들의 손가락질을 받아야 했다.

언니가 열세 살이 되자 여기저기서 혼담이 들어왔다. 부모님은 아이가 너무 어리다고, 아직 학교에 다니고 있으니 졸업한 뒤에 생각해 보겠다고 거절했다. 마을에선 딸들을 학교에 보내는 부모님을 두고 시선이 곱지 않았다. 그나마 드물게 학교에 다니는 여자애들도 열다섯 살이 되기 전에 집에서 정해 준 남자와 결혼하거나 그러지 않으려면 달아났다. 달아난 여자애들의 소식은 그 뒤로 들을 수 없었다. 아무도 모르는 곳으로 떠나서 다시는 돌아오지 않았다. 대부분은 달아나다 붙잡혀 친척과 마을 사람들에게 죽임당했다.

언니가 열다섯 되던 해에 또다시 혼담이 들어왔고 부모님도 더는 거절할 수 없었다. 신랑 될 사람은 매우 부자였고 원하는 건 모두 손에 넣었다. 마을 사람들은 언니가 좋은 집에 시집간다며 부러워했다. 없는 것이 없는 남자의 집에는 부인도 셋이나 있었다. 결혼식을 앞두고 신랑의 집에서 사흘 밤낮으로 성대한 잔치가 열렸다. 신랑과 함께 연회장 단상에 앉은 언니는 단 한 번도 웃지 않았다. 드레스를 입고 화장한 언니의 모습은 몹시 낯설었다. 아름답지만 언니의 눈은 텅 비어 있었다.

결혼식 전날 밤에 언니는 달아났다. 신랑의 가족들과 마을 사람들이 우리 집으로 쫓아와 언니를 찾으며 난장판을 만들었다. 겁먹은 코코가 짖자 사람들이 몽둥이를 휘둘렀다. 그들은 코코를 구하려던 아빠를 쓰러뜨려 짓밟고 매질했다. 아빠에게 달려가려는 나를 엄마가 붙잡았다. 엄마와 나는 꼭 껴안고 떨면서 울었다. 다음 날 밤, 언니는 천장에서 내려왔고 우리 가족은 그 길로 도망쳤다. 잡히면 온 가족이 죽임당할 터였다. 살인자들은 처벌받지 않는다. 그것이 내가 살던 곳의 법이었다. 나는 그 뒤로 악몽을 꾼다. 언니의 악몽은 더 지독할 것이다.

언니가 진술을 끝내자 심사관은 몇 가지 질문을 던졌다. 언니는 떨리는 목소리로, 그러나 차분하게 대답했다. 대답을 듣는 심사관의 얼굴은 무표정했다. 심사가 끝났다. 사무실에서 나온 뒤 르네가 언니에게 잘했다는 인사를 건넸다. 좋은 결과가 나오길 바란다며 르네는 부모님과 악수를 나누었다. 보름 뒤 결과가 통보됐다. 난민 신청은 거부됐다. 우리는 떠나야만 한다.

내가 늦잠을 잔 날, 언니도 옆에서 잠들어 있었다. 창밖으로 새 우는 소리가 들려오고 집 안은 고요했다. 부모님은 일찌감치 출근하고 없었다. 이상했다. 언니는 늘 나보다 먼저 일어났으니까.

언니 침대로 다가갔다. 언니를 가만히 불렀다. 깨어나지 않았다. 헝클어진 머리카락을 가만히 쓸어 올리자 이마에 초록 반점이 드러났다. 귀에 대고 언니를 부르며 겨드랑이와 턱밑을 간질이고 팔을 잡아당기고 허리를 세워 일으켜 보지만 소용이 없다.

"이러지 마. 장난치는 거지?"

아무 대답도 없었다.

"장난인 줄 다 알아. 근데 하나도 재미없어. 그만해, 이제."

언니는 꼼짝도 하지 않았다.

"지금 안 일어나면 지각이야. 빨리 일어나. 좋아. 난 씻고 학교 갈 준비할 거야. 언니는 맘대로 해."

나는 방문을 쾅 닫고 나왔다. 심장이 마구 쿵쾅거렸다. 한참 기다렸지만 안에서는 아무 기척도 없었다. 내겐 타오라 잎이 필요하다. 이건 꿈이다. 악몽이다. 이를 악물고 버텼지만 울음이 터져 나왔다. 슬플 거라 생각했지만 그렇지 않았다. 세상이 닫힌 기분이었다.

나는 언니 곁에서 숙제를 한다. 유튜브를 보다 웃기는 영상이 나오면 언니에게 보여 준다. 언니는 웃지 않는다. 유머 감각이 좀 부족한 편이다. 나는 더 웃기는 영상을 찾아본다. 책상을 치우고 언니의 침대를 창가로 옮겼다. 잘은 모르지만 볕을 쬐면 건강에 좋을 것 같다. 이곳 사람들은 해가 짧은 겨울에 비타민을 먹는다. 특히 비타민 D가 중요하다고 한다. 내가 살던 곳에서는 들어 보지 못한 소리다. 태양이 늘 머리 위에서 뜨겁게 타오르던 그곳이 종종 생각나지만 돌아가고 싶지는 않다. 그곳엔 민트초코 아이스크림도 없는걸. 입속에 넣으면 화한 맛이 도는 아이스크림을 언니는 좋아했다. 무슨 맛으로 먹는지 도통 모르겠다. 나는 딸기 아이스크림이 좋다. 하지만 언니에게 한입 얻어먹는 민트초코 아이스크림은 이상하게 맛있었다. 나는 언니에게 딸기 아이스크림을 먹여 준다. 솔직히 말해 봐. 사실 민트초코보다 딸기가 더 맛있지? 언니는 입을 꼭 다물고 아무 말도 하지 않는다. 그럴 줄 알았다. 민트초코가 아니라 삐진 거지?

나는 언니에게 할 말이 많았다. 오늘 수업하는 담임 등 뒤에 종일 붙어 있던 '내가 방귀 안 뀌었음'이란 메모는 어제 '나는 방귀쟁이' 메모를 붙인 애가 또다시 그랬는지, 아니면 다른 애가 한 짓인지, 내일도 메모를 붙일지, 그렇다면 어떤 내용일지 궁금했다. '똥 쌌음'은 어떨까, 언니? 웃기지 않아? 언니 얼굴을 살피니 유치하다는 표정이었다. 언니는 역시 유머 감각이 부족하다.

옆 반 이녕은 학교에 나오지 않는다. 이녕도 동생처럼 녹색 반점이 생기고 나서 잠들어 깨어나지 않는다. 어쩌면 그 소문이 맞을지도 모르겠다. 녹색 반점이 전염된다는 소문. 이녕의 가족도 망명 신청을 거부당했다. 나는 이녕 얘기는 언니에게 전하지 않고 대신 책을 읽어 준다. 마녀와 어린 소녀와 청룡과 은여우, 늙은 개와 검은 고양이, 배가 노란 거미가 나오는 이야기다. 소녀는 악마에게 붙잡혀 간 동생을 찾기 위해 길을 떠난다. 내가 낼 수 있는 가장 큰 목소리로 책을 읽는다. 아유, 시끄러워, 정말. 언니는 투덜거리며 깨어난다. 기대해 보지만 그런 일은 일어나지 않는다. 언니는 깊고 긴 잠에 빠져 있다.

언니는 아기가 되었다. 엄마는 언니를 업어서 욕실로 옮기고 욕조에 앉혀 씻겨 준다. 언니의 몸은 희미한 녹색이고 아무리 닦아도 색은 지워지지 않는다. 엄마는 언니의 머리를 말리고 몸에 코코넛 냄새가 나는 로션을 꼼꼼하게 바르고 팔과 다리를 오래 문질러 마사지해 준다. 구운 닭고기와 브로콜리와 바나나를 갈아 언니 입에 떠 넣어 준다. 언니는 싫다고는 하지 않지만 잘 삼키지 않는다. 엄마는 한 입이라도 더 먹이려 애쓴다. 잘 먹지 않으니 언니는 나날이 마르고 작아진다. 그래도 손톱과 발톱은 자란다. 엄마는 언니의 손톱과 발톱을 조심스레 잘라 모아 둔다. 일도 그만두고 종일 언니 곁을 지킨다. 퇴근하고 온 아빠는 언니를 한참 들여다보고 잔디를 깎으러 나간다. 더는 깎을 잔디가 없어서 마당에 웅크리고 앉아 있다.

오후에 언니와 나는 함께 공원을 산책한다. 나는 언니가 탄 휠체어를 천천히 민다. 숲은 한층 더 짙어졌고 공기는 신선하다. 레몬색 강아지는 잘 보이지 않았다.

"저기 기억나?"

나는 수풀을 가리켰다.

"저기서 사슴이 뛰어나왔잖아. 솔직히 말하면 난 그때 곰인 줄 알고 놀랐어. 여기는 곰도 사는 줄 알았지. 별거 별거 다 있으니까. 곰은 죽은 척하면 공격하지 않는다는 얘기 들어 봤지? 그거 믿어, 언니? 나는 잘 모르겠어. 한 번도 곰을 본 적 없으니까. 곰이 어떻게 나올지 어찌 알겠어. 그러니까 언니, 곰이 나타나면 자는 척하지 말고 얼른 도망쳐. 언니는 나무를 잘 타니까 나무 위로 올라가서 곰을 유인해. 그사이에 나는 달아날 게, 알았지? 언니, 내 얘기 다 듣고 있지? 막 웃겨 죽겠는데 꾹 참고 자는 척하는 거지?"

나무 사이로 비친 햇살이 얼굴에 어른거려 언니는 웃는 것처럼 보인다. 숲을 걸으며 나는 율리를 생각했다. 율리는 작별 인사도 없이 떠났다. 율리의 펜던트는 이제 우루가 목에 걸고 다닌다. 율리 얘기는 언니에게 하지 않았다.

언니와 나는 자기 전에 약속하곤 했다. 악몽을 꾸는 것 같으면 깨워 주기로. 악몽을 꾸게 하는 신이 멀리 데려가기 전에 깨워 주자고. 하지만 그럴 필요 없었다. 우리에겐 타오라 잎이 있었으니까. 이곳에는 타오라 잎이 없다. 있을지도 모르지만 아직 보지 못했다. 잠든 언니는 평온해 보인다.

언니를 깨워 물어보고 싶다. 무슨 꿈을 꾸었느냐고. 어떤 아름다운 것을 보았느냐고. 나는 영영 알 수 없을지도 모른다. 언니는 사라져 가고 있다. 녹색은 희미하고 언니는 점점 투명해졌다. 숲속의 공기처럼.

학교에서 돌아오니 엄마가 울고 있었다. 나는 식탁에 놓인 편지를 읽었다. 한 달 내로 떠나라는 추방 명령이었다. 엄마는 눈물을 닦고 괜찮다고, 방법이 있을 거라고 말했다. 나는 엄마를 안아 준 뒤 방으로 올라왔다.

"다녀왔어."

나는 언니에게 인사한다.

언니 옆에 눕는다. 침대는 1인용이지만 우리는 서로 껴안고 누워 속삭이곤 했다. 베개에서 보송하고 좋은 냄새가 난다. 신선한 숲의 냄새다. 태양 볕에서 잘 익은 무화과 향내다. 코코의 머리에서 나는 볶은 아몬드 냄새 같고 솜사탕 같고 민트초코 아이스크림 같은 냄새다. 사라져 보이지 않지만 나는 언니가 있다고 느낀다. 분명 언니는 내 곁에 있다.

나는 침대에 누워 노래를 부르기 시작했다. 언니가 자주 부르던 노래다. 할머니가 가르쳐 준 노래. 작은 새 한 마리가 울던 날, 긴긴 장마가 끝나고 초록 바람이 불어온다고 언니가 노래하면 코코가 우어어어 따라 불렀다. 무덤가에 앉아 언니가 내 머리를 빗겨 주며 노래 부르고 그때 나는 목덜미가 간질간질해서 잠이 소르르 왔다.

침대 위 열린 창으로 바람이 불어 들어왔다. 어린 강아지처럼 부드러웠다. 나는 두 팔 가득 초록 바람을 꼭 껴안고 레몬빛 강아지는 다정하게 내 뺨을 핥는다.

이제 언니는 바람이 되어 어디에나 갈 수 있다. 아무도 언니를 쫓거나 잡지 못한다. 언니는 멀리멀리 간다. 그러나 어느 밤 내가 자는 창가에 와서 노래를 불러 준다. 그러면 나는 잘 기억나지는 않지만 몹시 아름다운 꿈을 꾸고 그 꿈에 분명 언니와 나는 함께다. 언니는 내 뺨의 초록 반점을 부드럽게 어루만지고 나는 조용히 잠에 빠져든다.

하지의
소녀

"아, 왔구나."

아이가 말했다. 마치 올 줄 알고 있었다는 듯이. 소녀는 어리둥절했다.

고글과 마스크로 가려 아이의 얼굴은 보이지 않고 우의로 온몸을 감싸고 있었다.

어두운 하늘에서 부서지듯 비가 내렸다. 차가운 빗방울이 소녀의 뺨을 타고 흐르자 한기가 몸속으로 파고들었다. 사방이 축축하고 어두웠다.

"생각했던 그대로다. 똑같지는 않지만 거의 비슷해."

아이가 소녀를 빤히 올려다보며 말했다. 아이의 고글은 소녀의 눈보다 한 뼘쯤 아래 있었다.

"진짜 올 줄 몰랐는데. 물론 엄청 기다렸지만 기대하진 않았어. 아니, 기대는 했지. 하지만 안 나타나도 실망하지 말자고

다짐했어. 난 뭔가 기대할 때 늘 바닥을 생각해. 그래야 기대가
어긋났을 때 실망이 덜하거든. 그러니까, 내 말은 진짜진짜 반
갑다는 뜻이야."

소낙비처럼 쏟아지는 아이의 말에 소녀는 더욱 어리둥절해
졌다.

내가 아는 앤가. 아이의 눈을 들여다봤다. 비에 젖은 고글
너머는 흐릿했다.

"참, 이거 입어. 다 젖겠다."

아이는 메고 있던 배낭에서 우의를 꺼내 서둘러 소녀의 몸
에 걸쳐 줬다. 소매가 다소 짧았지만 그런대로 입을 만했다. 아
이는 마스크도 내밀었다. 소녀는 고글과 하나로 연결된 마스
크를 잠시 살펴보고 돌려줬다.

"써야 해. 숨 쉬는 게 힘들어질 거야. 나쁜 게 잔뜩 있어."

아이가 손가락으로 허공을 가리켰다.

소녀는 가만히 숨을 들이쉬어 봤다. 축축하고 이물감이 느
껴지는 공기가 콧속에 찐득하게 달라붙었다.

"힘들어지면 쓸게."

아이가 소녀를 잠시 바라봤다.

"그래, 넌 필요 없을지도 몰라."

"너는……."

"아, 나는 무나야."

"나는……."

소녀는 아무것도 떠오르지 않았다. 자신의 이름조차도.

"여긴 어디지?"

소녀가 물었다.

"버려진 땅이야. 이름 같은 건 없고. 옛날에는 이름이 있었 겠지만 이젠 아무도 기억 못해."

"너와 나는…… 아는 사이야? 미안. 그런데 기억이 잘 안 나."

"그래, 그럴 거라고 했어. 너무 오래된 일이니까."

"나를 알아?"

"응. 우리 할머니가 늘 네 얘기를 해 줬거든. 집에서 기다리 고 계셔. 함께 오고 싶어 하셨지만 몸이 좀 불편하셔서."

"나를 기다렸어?"

"그래, 진짜 오랫동안 기다렸어."

무나를 따라 소녀는 걷기 시작했다. 달리 할 수 있는 게 없 었다.

무나라는 이 아이가 누군지 소녀는 전혀 기억나지 않았다. 무나의 할머니에 대해서도 마찬가지였다. 자신이 누구인지조 차 몰랐다. 먼저 뭐라도 말해 주길 바랐지만 무나는 말없이 걷 는 데에만 집중했다. 걸음을 옮길 때마다 발이 진창 속으로 푹 푹 빠졌다. 비는 그치지 않고 사방에 유령 같은 안개가 자욱해 무덤 속처럼 어두웠다. 아무것도 없었다. 비와 무나, 그리고 소 녀뿐이었다. 무나는 마치 야행성 동물처럼 민첩하게 움직였다.

"여긴 참 어둡다."

소녀의 말에 아, 하더니 무나가 배낭에서 손전등을 꺼내 들었다.

"깜빡했다. 할머니가 혹시 모르니 챙기라고 했는데."

무나의 손전등이 어둠을 갈랐다. 희미하게 앞이 밝아지자 주변의 어둠은 더욱 짙어졌다.

"이곳은 밝힐 필요가 없지. 버려진 땅이니까. 그런데 우리 마을도 가로등 안 켜진 지 오래야. 전력이 충분치 않거든. 모자란 건 아니야. 하지만 쓸 데가 많지."

"어디에 쓰는데?"

"여기저기. 살기 위해 쓰지."

"지금 몇 시나 됐어?"

"아마 7시 다 됐을 거야. 아까 널 만날 때가 6시쯤이었거든."

"밤이 일찍 오네."

"아침인데."

"아침? 아침이라면……."

그 순간 소녀의 머릿속에서 뭔가 탁 켜졌다. 하지만 이내 사그라져 버렸다. 기억나지 않는 간밤의 꿈처럼 잡힐 듯하다 연기처럼 흩어졌다.

한참 동안 비탈길을 올랐다. 소녀는 몇 번이나 미끄러질 뻔했고 그때마다 무나가 잡아 주었다. 무나의 손은 작고 야위었지만, 힘은 약하지 않았다. 무나가 멈춰 서 손전등으로 주위를 빙 둘러 비추더니 멀리 앞을 밝혔다. 소녀와 무나는 언덕 꼭대 기에 있었다. 저만치 아래 말라죽은 듯 앙상한 나무가 한 그루 보였다. 그 너머로 황량한 벌판이 어둠 속에 깊이 가라앉아 있 었다. 어딘지 낯익은 풍경이었다.

"여기 와 본 것 같아. 하지만 좀 다르게 보여. 겨울이라 그런 가 봐."

"겨울?"

무나는 놀란 듯 말했다.

"눈이란 게 내려 지붕 위에도 길 위에도 온통 하얗게 쌓여서 아이들이 뭉쳐서 던지고 사람 모양도 만들고 호수가 얼어붙어 그 위에서 거, 뭐지? 날이 달린 신발, 아, 스케이트를 타는 겨 울 말이야?"

무나가 소낙비처럼 물었다.

"겨울을 진짜 봤어?"

소녀가 영문 모른 채 고개를 끄덕였다.

"진짜였구나. 그럼 빨간 옷을 입은 할아버지가 코가 붉게 빛 나는 사슴이 끄는 썰매를 타고 아이들이 잠든 동안 몰래 선물 을 가져다준다는 것도 진짜야?"

"그건…… 잘 모르겠어."

"할머니는 진짜라고 했는데. 할머니는 모든 이야기가 진짜 라고 했어. 눈도, 산타클로스도, 겨울도. 하지만 아무에게도 얘 기해선 안 돼. 그 정도는 나도 알아. 어차피 미친 소리를 귀담

아들을 사람은 없지만. 아니, 우리 할머니가 미쳤다는 건 아니야. 조금 남다른 분이시지. 이해하지?"

소녀는 무엇을 이해해야 하는지 몰랐지만 일단 고개를 끄덕인 뒤 물었다.

"겨울을 한 번도 난 적 없어?"

"그게 어떤 건지 잘 모르겠지만 눈도 산타클로스도 본 적 없어. 전에는 사계절이라는 게 있었대. 하지만 이젠 없어. 오직 비뿐이지. 사라지고 없는 단어로 말하자면 지금은 여름이야. 할머니가 그렇다고 했어."

여름이라는 단어에 소녀의 머릿속 한구석이 소용돌이치며 희미하게 밝아지는 것 같았다. 하지만 그게 무슨 의미인지 알 수 없었다.

소녀는 저 아래 어둡고 황량한 벌판을 내려다보았다. 그럴 리 없다. 소녀가 아는 여름의 저곳은 하늘을 향해 나무들이 울창한 가지를 뻗고, 진녹색 그늘 속에 앵두와 블루베리가 보석처럼 익어 가고, 윤기 흐르는 검은 흙 위로 이끼가 양탄자처럼 부드럽게 펼쳐져, 바람이 불 때마다 물고기 비늘처럼 풀이 눕는 초록 들판에 하얀 데이지와 마거리트가 폭죽처럼 꽃을 피우고, 벌이 분주히 꿀을 모으고, 복숭아와 살구가 달콤한 냄새를 풍기며, 아이들과 개가 뛰어놀고, 새가 청량한 소리로 노래하는 곳이었다. 분명 그랬다.

"어떻게 된 거야? 꽃과 나무는 어디에 있어? 새는 왜 노래하지 않아?"

"기억난 거야?"

무나가 기쁜 듯이 외쳤다. 무엇을 기억해야 한단 말이지?

"내가 잊은 게 뭐지?"

소녀가 물었다.

무나는 할머니 기침 소리에 잠에서 깼다. 한밤중이었다. 부리나케 일어나 할머니 방으로 갔다.

"또 꿈을 꿨어."

할머니가 가쁜 숨을 내쉬며 말했다.

무나는 할머니가 숨쉬기 편하도록 베개를 돋웠다.

"뜨거운 물을 좀 갖다드릴게요."

무나는 어둠 속에서 전기 주전자 스위치를 눌렀다. 할머니는 요즘 며칠째 같은 꿈을 꿨다. 어릴 적 매일 함께 놀던 친구가 어느 날 작별 인사도 없이 떠나 버리는 꿈이다. 너무 슬퍼서 엉엉 울었다고 얘기하는 할머니 눈가에 눈물이 맺혀 있었다. 아주 오래전부터 늘 할머니가 꿈에서 보는 소녀는 이제 무나도 잘 아는 이처럼 느껴졌다.

주전자 주둥이로 하얀 김이 솟아올랐다. 바닥에 물기가 흥건했다. 무나는 걸레로 물기를 닦은 뒤 망설이다 제습기 가동 버튼을 눌렀다. 전기 요금 고지서를 보면 아빠는 또 화를 낼 것이다. 하지만 최대한 아끼고 있다. 전깃불 대신 촛불을 밝히고 제습기와 공기 정화기는 도저히 못 견디겠다 싶을 때 튼다. 전기난로는 자기 전에 할머니 방에만 잠깐 켤 뿐 무나는 차가운 방에서 한껏 몸을 움츠리고 잔다. 더 이상 어떻게 아낀단 말인가.

춥고 눅눅한 집 안은 사방이 곰팡이투성이다. 어두워서 잘 보이지 않아 참 다행이다. 어둠과 곰팡이는 형제처럼 닮았다. 절대 사라지지 않는다.

무나는 물잔을 들고 할머니 방으로 돌아갔다. 할머니는 침대 머리에 기대 앉아 물을 천천히 마셨다. 무나는 할머니의 헝클어진 머리카락을 귀 뒤로 넘겨 주었다. 하얗고 푸석한 머리카락. 할머니는 백 살이 넘은 뒤로 더는 나이를 헤아리지 않았다. 아빠는 입버릇처럼 말했다. 우리 할머니가 나보다 더 오래 사실 거야, 안 그래요, 할머니? 그때마다 할머니는 대꾸했다. 염려 마라, 무나는 내가 잘 키울 테니. 할머니는 아빠의 할머니, 그러니까 무나에게는 증조할머니였다. 할머니가 아는 사람들은 다 죽었다. 그중에는 무나의 엄마도 있었다. 할머니는 스무 해 가까이 외출하지 않았고 그사이에 새로 사귄 이는 오직 무나 하나뿐이었다.

무나는 종일 할머니와 함께 집에서 지냈다. 1년 전부터 학교에도 가지 않았다. 무나와 같은 반 학생은 모두 다섯 명이었는데 한 달 사이 두 명이 줄어 세 명이 됐다. 수업 시간 내내 기침을 하던 아이는 죽었고 다른 하나는 이사했다. 무나가 사는

5구역에서 죽음은 빈번했고 이사는 매우 드문 일이었다. 이사는 1구역으로의 이주를 의미했다.

이사 간 아이의 아빠도 무나의 아빠처럼 1구역에서 일했다. 그 애 아빠는 작업 중에 사고로 사망했다. 회사에서 나온 보상금으로 남은 가족들은 1구역으로 이사할 수 있었다. 그나마 다행이라고 사람들은 말했다. 일하다 다치고 죽어도 보상금 한 푼 못 받는 경우가 허다했다. 다행이란 말 대신 입 밖에 내지 못한 단어는 따로 있었다. 행운 혹은 축복. 1구역으로 간다는 건 그런 의미였다.

1구역에서 사는 건 아빠의 평생소원이었다. 하지만 그 소원이 이루어지지 않으리라는 걸 아빠도 무나도 잘 안다. 아빠가 1구역에 집을 마련하기란 할머니에게 들었던 표현을 빌리자면 낙타가 바늘구멍에 들어가기보다 더 힘든 일이다. 낙타는 등에 혹이 있어 사막에서 물 없이도 견딜 수 있는 동물이라고 할머니가 그랬다. 책에서 낙타를 본 기억이 있다. 하지만 그런 동물이 실재했다니 믿기지 않는다. 무나가 본 동물이라곤 인간과 바퀴벌레뿐이다. 바퀴벌레를 동물이라고 할 수 있다면 말이다. 온통 모래로 뒤덮여 비 한 방울 떨어지지 않는 사막 역시 믿을 수 없다. 비가 내리지 않는 곳이 존재한다는 게 가능한가. 그곳은 무나의 상상력이 도달하지 않는 곳이었다.

인원 부족으로 학교가 문을 닫자 무나는 4구역에 있는 학교로 전학하라는 지시를 받았다. 4구역까지는 걸어서 두 시간 거리였다. 왕복 네 시간 걸려 사흘 등교한 무나는 앓아누웠고 그 뒤로 학교에 가지 않았다. 학교에서는 두어 번 연락이 오고는 끝이었다. 할머니는 몹시 상심했지만 무나는 아무렇지도 않았다. 아빠는 별말 없었다.

아빠는 어서 1구역으로 이사해 무나를 좋은 학교에 보내 주겠다고 입버릇처럼 말하곤 했다. 아주 오래전 얘기였다. 엄마가 살아 있을 때. 무나의 부모는 매일 새벽 1구역으로 가는 차를 타고 출근했다. 어린 무나는 잘 다녀오라고 손을 흔들고 종일 할머니 옆에서 놀며 부모를 기다렸다. 늦은 밤에 집으로 돌아온 부모는 촛불을 켠 식탁에서 할머니가 차려 놓은 저녁을 먹었다. 무나는 엄마에게 하고 싶은 말이 많았지만 엄마는 무나의 말을 들으며 꾸벅꾸벅 졸았다. 엄마는 오랫동안 기침을 하다 피를 토하고 쓰러져 다시는 일어나지 못했다. 그런 식으로 무나의 마을 사람들은 죽었다.

엄마가 세상을 떠난 뒤 아빠는 집에 잘 오지 않았다. 작업장 근처 임시 숙소에 묵으며 한 달에 한 번 들르는 것이 고작이었다. 할머니, 건강하셔, 오래 사셔야지. 아빠는 집에 오면 할머니 귀에 대고 고래고래 소리 질렀다. 그때마다 할머니는 말했다. 나 귀 안 먹었다.

아빠는 무나에게 생활비를 주며 인상을 썼다. 아껴 써라. 아빠는 오직 그 말을 하기 위해 집에 들르는 것처럼 보였다. 무나는 학교를 그만둬서 다행이라고 생각했다. 수업료라도 아낄 수 있게 됐으니까. 무나는 밤에도 낮에도 아무 꿈도 꾸지 않았다.

　일주일에 한 번 식료품점 방문이 유일한 외출이었다. 딱히 갈 데도 없었다. 무나에겐 친구도 없었다. 아예 없었던 건 아니다. 처음 사귄 친구는 이웃집 아이였다. 그 애 엄마와 무나의 엄마도 친하게 지냈다. 함께 진흙 공을 만들며 놀던 친구는 어느 날부턴가 목에서 쇳소리를 내더니 집 밖으로 나오지 않았다. 무나는 친구를 다시 보지 못했다. 학교에 입학한 무나는 옆자리 아이와 친해졌다. 매일 그 애를 보러 열심히 학교에 다녔는데 몇 달 뒤 친구는 심하게 기침을 하더니 결석했다. 무나는 친구가 등교하길 기다렸지만 그게 마지막이었다. 그 뒤로 무나는 친구를 사귀지 않았다.

　빈번한 죽음에 익숙했지만 그렇다고 죽음에 무뎌지지는 않았다. 무나에게 소원이 있다면 단 하나였다. 할머니가 부디 오래 버텨 주는 것. 요즘 할머니는 부쩍 쇠약해졌다.

　할머니는 정말 오래 살았다. 할머니만큼 나이 많은 사람을 무나는 본 적 없었다. 할머니는 옛날 사람이고 그래서 아주 오래전 이야기만 했다. 무나는 그 이야기들이 좋았다. 할머니는 이야기를 재미있게 할 줄 알았고 이야깃거리는 평생 떨어지지 않았다. 무나는 만약 자신에게 손녀가 생긴다면 들려줄 이야기라곤 비와 추위와 곰팡이뿐이라고 생각했다.

　할머니가 들려준 것 중 최고는 음식 만드는 얘기였다. 할머니가 제일 자주 이야기한 건 살구 파이였다. 살구 파이 만드는 법이라면 이제 무나도 외울 정도였다. 밀가루에 버터와 우유를 섞어 반죽한 뒤 밀대로 반죽을 얇게 밀어 틀에 펴고, 살구를 초승달 모양으로 썰어 버터, 설탕, 아주 약간의 소금과 계핏가루를 넣고 졸여 파이지 위에 골고루 올려 오븐에 굽는다. 온 집 안이 버터 향으로 뒤덮일 때가 바로 오븐에서 파이를 꺼낼 타이밍이다. 노릇하게 구워진 파이가 바삭 부서지며 향긋하고 새콤달콤한 맛이 입안에 퍼지면……. 할머니는 말을 멈추고 눈을 살짝 감았다. 할머니의 주름살이 부드럽게 물결치며 입꼬리가 살며시 올라갔다. 그럴 때면 무나는 어쩐지 몸이 바르르 떨려서 할머니를 꽉 끌어안았다.

할머니의 이야기는 향과 색으로 가득했다. 그 시절엔 모든 게 따스하고 빛났던 것 같다. 기억이란 원래 그런 법이라고 할머니는 말했다. 살구 파이는 할머니의 엄마가 만들어 주곤 했다. 할머니는 살구 파이를 정말 좋아했지만 1년에 한두 번밖에 맛볼 수 없었다. 살구는 뜨거운 여름철 아주 잠깐 나오는 과일이기 때문이다. 1년에 한 번 어김없이 돌아오는 여름이라는 계절과 나무에 주렁주렁 열려 노랗게 익는 과일에 대해 무나는 할머니에게 묻고 또 물었고, 할머니는 그때마다 설명해 주었지만 무나는 끝내 이해할 수 없었다.

할머니는 평생 무나를 위해 음식을 만들었지만 이야기 속에 나오는 음식을 해 준 적은 한 번도 없었다. 오직 베스트밀뿐이었다. 식료품 가게에서 구할 수 있는 건 그게 전부였다. 베스트밀이라는 상표명이 큼직하게 적힌 봉지에 든 가루를 물에 걸쭉하게 타거나 굳히면 끝이었다. 가루의 맛은 다양했다. 곡류와 고기, 생선과 해조류, 과일과 채소……. 초콜릿과 치즈 케이크 맛도 있었다. 아무리 찾아봐도 살구 파이 맛은 없었다. 베스트밀에서는 고기도 나왔다. 물에 타서 굳힐 필요 없는 진짜 고기. 무척 비싸서 어쩌다 한번 먹을 수 있었다. 할머니는 '진짜 고기'가 아닌 배양육이라고 했지만, 무나는 진짜 고기가 뭔지 모르니 상관없었다. 배양육이라도 자주 먹고 싶었다.

할머니는 진짜 고기와 살구 맛을 아는 유일한 사람일지도 모른다. 할머니마저 살구 맛을 잊었을 수도 있다. 할머니가 살구를 마지막으로 먹은 건 무나와 비슷한 나이였을 때의 일이니까. 그러니까, 백 년쯤 전. 할머니는 그때 모든 것이 시작됐다고 했다. 아니, 모든 것이 끝났다고 했다.

어쩌면 아빠 말대로 할머니는 정신이 좀 온전치 못한 걸까? 무나가 어릴 때 아빠는 종종 무나를 따로 불러 할머니가 무슨 얘기를 했는지 물어보곤 했다. 무나는 신이 나서 낮에 들었던 살구 파이 만드는 법이나 비 그친 뒤 하늘에 떠오르는 무지개와 북두칠성과 북극곰 자리에 대해 얘기했다. 다 듣고 난 아빠는 한숨을 푹 쉬며 할머니 말은 믿지 말라고 했다. 할머니는 마음이 아픈 사람이니까. 그리고 절대로 밖에서 이 얘기들을 해서는 안 된다고 당부했다. 그다음부터 무나는 아빠가 물어도 할머니에게 들은 이야기를 결코 털어놓지 않았다. 할머니의 이야기는 죄다 거짓말일 수도 있지만 무나는 상관없었다. 아빠가 노상 하는 1구역 얘기보다는 할머니 얘기가 훨씬 재미 있었다.

할머니의 이야기는 대부분 이상했지만 유난히 괴상한 이야 기가 있었다. 배를 만드는 사람에 관한 이야기였다. 어느 날 한 남자가 산 위에 엄청나게 큰 배를 만든다. 모두 미쳤다고 비웃 었지만 아랑곳하지 않고 오랜 시간 끝에 배를 완성한다. 남자 는 배에 자신의 가족과 동물 한 쌍씩을 태운다. 그러자 기다렸 다는 듯이 비가 쏟아붓기 시작한다. 비는 세상 모든 것이 물에 잠겨 사라지고 난 뒤에야 그치고 오직 배 안의 사람과 동물 들 만 살아남았다. 남자가 배를 만든 건 하느님의 뜻이었고, 하느 님은 이 세상을 만들었으나 인간들을 벌주려 비를 내렸다고 한다.

"인간을 벌주려 했는데 왜 동물들까지 죽였어?"

무나가 물었다.

"글쎄, 하느님도 실수할 때가 있겠지."

할머니는 입가에 살짝 미소를 띠었다.

"그럴 거면 애초에 왜 인간을 만들었어?"

"아마 그게 하느님의 가장 큰 실수였을 거야."

"이 비도 하느님이 내리는 거야? 벌주려고?"

"아니, 이 비를 내리게 한 건 인간이야."

"왜? 실수였어?"

"아니, 사람들은 다 알고 있었어. 하지만 무시했지."

"뭘 무시해?"

"이렇게 되리라는 경고를."

"왜 무시했어?"

"인간은 원래 어리석단다."

무나는 때때로 이 괴상한 이야기에 대해 곰곰이 생각했고 그러다 할머니에게 물었다. 하느님이 비를 그치게 했듯 언젠가 이 비도 멈추느냐고. 할머니는 모르겠다고 대답했다. 그때 할머니의 표정을 보고 무나는 알았다. 할머니는 비가 그치지 않으리라 생각한다는 것을. 할머니의 눈은 무척 슬퍼 보였다. 하지만 무나가 틀렸다. 할머니는 단념하지 않았다. 오직 1구역에서만 의미를 지니는 단어로 말하자면 그것은 희망이었다. 할머니의 언어로 말한다면, 그것은 기억이었다.

"무나야."

할머니가 차분히 물잔을 내려놓았다.

"서둘러야 해. 내 기억이 틀리지 않는다면 일찍 오거든."

오늘은 할머니가 말한 그 애가 오는 날이었다. 할머니의 꿈속에 나왔던 소녀.

무나는 한밤중에 길을 나섰다. 할머니 말대로 그 애가 오는 시간에 맞추려면 서둘러야 했다. 그 애는 하늘과 땅이 만나는 곳으로 온다고 했다. 무나는 믿기지 않았지만 믿고 싶었다. 할머니의 얘기라면 늘 그랬듯이.

꽤 오랫동안 걸었다. 소녀의 발은 축축하게 젖었고 추위 때문에 온몸이 떨렸다. 무나의 걸음도 차츰 느려졌다. 무너져 형체만 간신히 남은 집 앞에 멈춘 무나는 소녀에게 잠시 쉬어 가자고 했다. 다행히 처마 밑에서 비를 피할 수 있었다. 무나가 배낭에서 보온병을 꺼내 물을 따라 소녀에게 내밀었다. 컵에서 희미하게 김이 올랐다. 물을 마시고 나자 소녀는 조금 따뜻해지는 기분이었다. 무나가 작은 사각형 모양으로 굳힌 것을 내밀었지만 소녀는 고개를 저었다. 무나는 더 권하지 않고 먹고 마셨다.

소녀는 비로소 주위를 살펴볼 기운이 생겼다. 한참 동안 발만 보고 걸었다. 손전등이 꺼져 온통 어둠뿐이었기 때문이다. 소녀는 눈을 멀리 두고 보다 놀랐다.

저만치 어둠 속에 빛나는 것이 있었다. 또다시 머릿속이 반짝, 하고 밝혀졌다. 뭔가 떠올랐다. 이번에는 놓치지 않았다.

"별."

"별?"

"그래, 별. 저기."

소녀가 손가락으로 가리키는 방향으로 무나가 고개를 돌렸다.

"별이 저렇게 생겼어?"

"밤하늘에서 고요히 빛나지."

그런데 소녀는 뭔가 이상하다고 느꼈다. 별이 너무 낮은 곳에 떠 있었다.

"저건 1구역이야."

무나가 말했다.

"1구역?"

"응. 언제나 불이 꺼지지 않는 곳. 비가 내리지 않는 유일한 장소."

"저기엔 비가 내리지 않아?"

"커다란 지붕으로 덮여 있거든. 절대 깨지지 않는 유리로 만든 돔."

"커다란 유리 돔?"

"아주 커. 엄청 높고. 그리고 점점 더 커지고 높아지고 있어."

"너도 저기 살아?"

"아니, 저긴 부자들만 살아."

무나의 아빠도 지금 저 1구역 안에 있다. 아빠는 유리 돔을 짓는 사람 중 하나였다. 변변한 보호 장비도 없이 수백 미터 상공에 매달려 지은 유리 돔이지만 아빠는 그중 단 1센티미터도 가질 수 없었다. 돔은 점차 커졌지만 더 많은 사람을 수용하기 위해서가 아니라 그 안에 사는 사람들이 더 넓고 높은 곳을 차지하기 위해서였다.

전해 듣기로 유리 돔 안의 세상은 할머니의 이야기를 비추는 거울과 같았다. 푸른 하늘과 맑은 공기, 기분 좋게 불어오는 바람과 나무와 꽃이 가득한 공원. 물론 전부 진짜는 아니지만 상관없었다. 진짜가 무엇인지 아는 사람은 거의 없었고 알고 있는 사람들도 잊은 지 오래였다. 무나는 1구역이 할머니가 얘기해 준 배와 같다고 생각하곤 했다. 모두가 물에 빠져 죽고 그 위에 올라탄 이들만 살아남는 배. 그들은 자기들만 살아남아서 기뻤을까.

"저 안엔 네가 말한 것들이 있을 거야. 꽃과 나무, 어쩌면 새도."

"도대체 무슨 일이 있었던 거야?"

소녀가 물었다.

할머니의 말에 의하면 오래전, 무나의 할머니가 무나보다 어렸을 때 사람들이 구름 씨앗을 하늘로 쏘아 올렸다. 지구의 온도가 너무 상승해서 그것을 막기 위한 방책이었다. 작은 물방울이던 구름 씨앗은 하늘로 올라가 점차 팽창했다. 효과가 있었다. 결국 지구 온도는 낮아졌다. 하지만 예상치 못한 부작용이 발생했다. 인위적으로 만든 구름은 엄청난 비가 되어 쏟아져 내렸고, 그 비가 증발해서 더욱 두꺼운 구름을 만들고, 다시 비를 내리길 끊임없이 반복했다.

"언젠가 비가 그치겠구나."

무나의 이야기를 듣고 나서 소녀가 조용히 말했다.

"비 대신 눈이 내리기 시작할 테니. 그러고 나면 모든 게 얼어붙겠지."

무나는 소녀의 말이 맞으리라고 생각했다. 그건 할머니가 얘기해 준 겨울과는 다를 테지만. 얼어붙는 모든 것에 자신도 포함되리라. 머지않은 일이었다. 그렇지 않은 미래의 가능성에 대해 할머니는 종종 이야기하곤 했다. 할머니의 얘기는 대부분 이상했지만 그 이야기는 얼토당토않았다. 의미는 알고 있지만 무나가 한 번도 써 본 적 없는 단어로 말하자면 그것은 기적이었다.

무나와 소녀는 계속 걸었다. 두 번을 더 쉬고 걸은 끝에 마침내 집에 도착한 때는 늦은 오후였다.

"할머니!"

무나가 현관문을 열며 외쳤다. 소녀는 무나를 따라 집 안으로 들어섰다. 어두웠다. 썩은 마루가 발밑에서 위태로운 소리를 냈다. 무나는 방 안으로 뛰어 들어갔다.

"왔어요! 진짜 왔어요!"

어둠 속에서 부스럭거리는 소리를 소녀는 들었다. 무나가 양초에 불을 밝혔다. 주위가 희미하게 밝아지자 침대에 앉아 있는 할머니가 보였다.

"왔구나. 드디어 왔어."

할머니가 소녀를 향해 말했다. 할머니의 얼굴에 주름살이 가득 퍼졌다. 우는 것 같기도 하고 웃는 것 같기도 했다.

"그대로야. 예전 그대로야."

"날 알아요?"

"그럼. 너를 마지막으로 본 건 아주 오래전이지만 한 번도 잊은 적 없어. 아침에 일어나자마자, 창밖을 내다보며, 빨래를 널다가도, 식료품 가게까지 걸어갈 때도, 무나가 웅덩이에서 진흙을 가지고 노는 동안에도, 무나를 유치원까지 데려다주고 집으로 돌아오는 길에도, 무나가 비옷을 입고 학교에 가던 날도, 기침을 하며 오들오들 떨 때도, 잠들기 전에도, 춥고 어두웠던 시간 내내, 꿈속에서도 난 널 생각했어."

소녀가 무나의 할머니를 조용히 바라봤다. 몸 안에 따스한 기운이 서서히 퍼지는 것 같았다.

"네가 오랫동안 보이지 않았지만 나는 믿었어. 넌 사라지지 않았다고. 언젠가 다시 올 거라고."

소녀는 뭔가 기억날 듯했다. 점점 몸이 뜨거워지고 눈앞이 밝아졌다. 심장이 세차게 뛰기 시작했다. 소녀의 몸에서 희미한 빛이 새어 나오며 주위가 차츰 환해졌다.

소녀가 말했다.

"기억났어. 나는……."

그 순간 광채가 쏟아졌다. 너무도 눈부셔 무나는 눈을 감았다. 감은 눈꺼풀 위로 빛이 어른거렸다. 눈을 감은 채로 무나는 웃었다. 좋아서 자꾸 웃음이 났다. 이게 바로 그거구나. 이렇게 굉장한 거였어.

무나는 살며시 눈을 떴다. 서서히 눈이 익었다. 새로운 세상. 찬란한 빛과 열기가 가득 차 넘치는 곳. 너무 벅차서 몸이 떨렸다. 할머니가 말한 기적이고 마법이었다.

"진짜였어!"

그러다 무나는 깜짝 놀랐다.

"없어졌어요, 할머니!"

할머니는 미소를 지은 채 고개를 저었다.

무나는 단숨에 달려가 창을 열었다. 단 한 번도 연 적 없는 창이었다. 창이 열리자마자 무나의 머리카락이 나부꼈다.

무나는 불어오는 바람을 향해 고개를 내밀었다. 바람이 뺨을 어루만졌다. 처음 느끼는 감촉이었다. 부드럽고 간질간질했다. 믿을 수 없었다. 비가 완전히 그쳤다.

무나는 하늘을 향해 고개를 들었다. 거기에 있었다. 소녀가.

"작별 인사도 하지 않고 가다니."

무나가 중얼거렸다.

잠시 뒤 무나는 웃었다. 대답을 들은 것 같았다. 저 멀리 하늘을 가로질러 부드럽게 활을 그린 아스라한 띠가 보였다.

"할머니, 저기!"

"그래, 무지개야. 그 애가 우리에게 선물을 줬구나."

무나는 가슴이 터질 듯했다.

"오늘이 하지야. 1년 중 그 애가 가장 밝고 찬란하게 빛나는 날."

할머니 목소리가 전과 달랐다. 또렷하고 힘이 있었다.

"정말 아름다워요."

"아름답고말고."

할머니가 고개를 끄덕이며 웃었다.

"하지에는 살구를 먹어야 해. 그래야 1년 내내 건강하거든."

"제가 살구 파이를 만들어 드릴게요."

언제가 될지 모르지만, 그날이 분명 오리라 무나는 생각했다. 살구가 노랗게 익고 들판이 초록으로 물들어 새가 높이 노래하는 날.

무나와 할머니는 마주 보고 웃었다. 그리고 두 사람은 고개를 들어 하늘을 올려다봤다. 무나는 오랫동안 창 앞에 앉아 있었다. 태양이 무나의 몸을 따스하게 감쌌다. 멀리 1구역 쪽에서 금이 가고 부서지는 소리가 희미하게 들렸다.

몇 해 전 마당 있는 집으로 이사해 살고 있다. 잡초를 뽑고 꽃을 옮겨 심다 마당에 작은 손님들이 방문하면 깨끗한 물과 밥을 대접했다. 어쩌다 보니 네 마리 고양이와 함께 지내게 됐다. 마당의 식물들과 고양이는 날씨에 따라 기분과 건강 상태가 민감하게 달라졌다. 매일 일기 예보를 찾아보고 밤하늘을 올려다보며 내일의 날씨를 짐작해 본다. 전에 없던 일이다. 동물과 자연, 지구와 환경, 밤하늘과 저 멀리 반짝이는 별들. 그런 것들을 생각하는 일이 많아졌다. 이 글을 쓰는 동안 장맛비가 세차게 내리고, 나는 길 위의 고양이들은 어디에서 비를 피하고 있을까 어두운 창밖을 내다본다.

지금까지 쓴 소설의 주인공 중 누가 제일 기억에 남느냐는 질문을 받은 적 있다. 한참 생각해 보다 '오우나'라고 답했다. 오우나는 「튤리파의 도서관」(『닷다의 목격』 사계절 2021)에 나오는 인물로, 튤리파 부근의 소행성 T9에서 고양이 로라와 함께 사는 도서관 사서다. 그러고 보니 헤카테도 궁금해졌다. 헤카테는 로라의 후손들이 살아가는 행성이다. 고양이들은 행복하게 살고 있을까. 그러니까 이 소설들은 헤카테의 뒷이야기로,

'헤카테 연대기'쯤 되는 셈이다.

마음이 어지럽고 머릿속이 복잡해질 때면 판다 사진과 동영상을 보곤 했다. 무해한 눈빛과 귀여운 얼굴로 장난치고, 먹고, 자고, 사육사들을 좋아해 따르는 사랑스러운 모습을 멍하니 바라보다 보면 이상하게도 마치 '우주를 껴안는 기분'이었다. 물론 동물을 전시하는 동물원과 사육장은 옳지 않다. 동물들이 자연 속에서 살아갈 수 없게 된 것 역시 인간의 잘못이다. 모든 동물의 안전과 행복을 바라며 「안녕, 판다」를 썼다.

「앤」은 '외국인 가사도우미 도입 사업' 발표를 듣고 쓴 소설이다. 출산과 양육에 대한 깊은 고민 없는, 무엇보다 인간다움 없는 정책은 근본적인 해결 방안이 되지 못할 것이다.

성격을 분류하는 MBTI 검사가 한동안 유행했고 여전히 회자되고 있다. 흥미롭지만 전적으로 신뢰하지는 않는다. 몇 개의 문항으로 나누고 정의하기에는 인간이란 너무나도 미묘하고 복잡한 존재다. 80억 명의 인간은 80억 개의 고유함을 지닌다고 생각한다. 선입견도, 편견도 없이 '호감도 0퍼센트'로 천천히 시작하는 건 매우 어려운 일일까. 소설에 나오는 김점배는 내가 온라인상에서 무척 예뻐하던 고양이로, 전에 썼던 소설 『속눈썹, 혹은 잃어버린 잠을 찾는 방법』(돌베개 2023)에도 등장했다. 씩씩하고 귀엽고 똑똑하고 다정한 멋쟁이 김점배는 지난겨울 고양이 별로 떠났다. 그곳에서도 여전히 김점배는 멋지고 용감할 것이다.

「레몬 강아지, 초록 바람」은 넷플릭스 다큐멘터리 「체념 증후군의 기록」(2019)을 본 뒤 썼다. 스웨덴에 머무르는 난민 아동들에 관한 이야기로, 긴 잠에 빠진 아이들의 모습은 오랜 시간이 지나도 잊히지 않았다. 소설보다 더 소설 같은 일들이 지금 세계 곳곳에서 일어나고 있다.

헤카테라는 행성에서 벌어지는 일들은 지금 우리에게 일어나는 일들과 닮았다. 혹은 미래에 우리에게 닥칠 일일 수도 있다. 헤카테는 지구의 다른 이름일지도 모른다. 우리가 사는 행성은 인간의 전유물이 아님을 우리는 외면하고 있는 게 아닐까. 너무 늦지 않았으면 좋겠다.

원고를 세심히 살펴 주고, 좋은 이야기라고 늘 용기를 북돋아 준 이하나 편집자님께 감사드린다. 다정한 추천사를 써 주신 이다혜 작가님과 김담희 선생님께도 이루 말할 수 없는 감사한 마음을 전한다.

언제나 내 소설의 첫 독자가 되어 주는 자매들, 고맙다. 더 좋은 글을 쓰고 싶다.

2024년 여름

최상희

추천의 글

맛있게 슬픈 소설들이다. 최상희 소설집『우주를 껴안는 기분』이 내민 손을 꽉 마주 잡고 싶어진다. 소설들 속 세계는 부딪혀 볼 도리 없이 견고해 막막함을 느끼게 하지만, 그 안에서 행복을 발견하는 것은 연약한 듯 강인한 인간의 일. 교실에 앉아 다른 아이들과 이질감을 느껴 본 적이 있다면 이 이야기들에서 자기 얼굴을 금세 발견할 수 있으리라. 친구처럼 느껴지는 외로움과, 방법을 찾을 수 없는 희망이 자꾸 교차되는 동안 우리는 낯선 행성에서 기꺼운 마음으로 길을 잃는다. 이 소설집에서는 애도하는 코끼리와 양부모가 된 여우, 불면증에 걸린 고양이, 레몬색 털을 가진 강아지가 우리를 기다리고 있다. 원치 않는 이별은 자꾸 일어나지만 언제나 삶은 다음, 그다음에도 이어진다. "왜 좋아하는 마음은 멋대로 자라는 걸까." 호감도 0퍼센트에서 시작하는 우정의 예감은 기분 좋고, 다른 행성의 언어로 듣는 자장가는 빈자리에 눈물짓게 하지만,『우주를 껴안는 기분』의 독서는 세계를 지키는 사람들 곁에 선다는 의미. 당신이 외롭기를 바라지 않기 때문에 나의 외로움을 조금은 더 견뎌 보겠다는 다짐. SF의 틀을 투과해 이주, 이민의 문제를 제기하는 시선은 날카롭고 우리의 품을 살며시 넓힌

다. 최상희는 지구의 우리가 찾아야 할 해답들에 대해 이야기
의 형태를 빌려 질문한다.

◆ 이다혜(작가, 『씨네21』기자)

『우주를 껴안는 기분』 속 인간과 비인간의 눈은 우주처럼
깊고 별처럼 빛난다. 그 눈동자를 지닌 존재가 금빛 여우인지,
외계 행성에서 온 우주 난민인지, 멸종 위기 동물인지, 그 어떤
모습을 한 누구인지는 중요하지 않다. 이들의 개의치 않는 태
도가 무척이나 산뜻하다. 우정의 시작에 조건은 필요 없다. 단
지 서로를 향해 눈을 마주하고 귀를 기울이는 것만으로도 충
분하다. 이야기는 서로의 까맣고 아득한 눈동자를 마주 보는
순간으로부터 비롯한다. 이들은 얼음으로 뒤덮이고 비가 그치
지 않고 더 이상 벚꽃잎이 흩날리지 않는 혹독한 디스토피아
세계에서도 이야기하기를 멈추지 않는다. 어떤 이야기들은 끝
까지 살아남는다. 그리고 그 이야기를 끝끝내 손에 쥐고 놓지
않는 존재를 기어코 살린다.

외로움을 견디면서도 관계보다 손쉬운 단절을 선택하는 세
상에서 작은 목소리에 귀 기울이고, 손을 포개고, 등을 쓰다듬
고, 목을 그러안는 이들을 보며 껴안고 싶은 친구들의 얼굴이
뜨거운 여름의 살구처럼 주렁주렁 열린다. 우정의 가능성은
우리의 상상력에 달려 있다. 최상희의 소설에서는 디스토피아

마저 순하고 다정하다. 그러나 결코 대책 없는 다정함이 아니다. 이 순하고 다정한 인물들은 가만 앉아 다음을 기다리는 법이 없다. 짙은 어둠 속에서 지도에도 나오지 않는 길을 향해 걸음을 내디딘다. 이들이 새긴 발자국을 북극성 삼아 우리 앞에 이어질 길을 상상해 볼 때다. 쭉 뻗은 우리의 두 팔이 어디까지 닿을지, 그 안의 품이 얼마나 넉넉해질지를 말이다. 이제 우리가 기꺼이 우주를 껴안을 차례다.

◆ 김담희(사서 교사)

수록 작품 발표 지면

◆ **여우** 미발표작

◆ **행성어 작문 시간** 『모로의 내일』(사계절 2022)

◆ **안녕, 판다** 미발표작

◆ **앤** 『창비어린이』 2023년 가을호

◆ **호감도는 0퍼센트** 미발표작

◆ **레몬 강아지, 초록 바람** 미발표작

◆ **하지의 소녀** 『첫사랑 49.5℃』(창비교육 2022)